KB101915

신일룡 新무협 판타지 소설
FANTASTIC ORIENTAL HEROES

풍신유사 3

신일룡 新무협 판타지 소설

초판 1쇄 찍은 날 § 2009년 1월 21일
초판 1쇄 펴낸 날 § 2009년 1월 28일

지은이 § 신일룡
펴낸이 § 서경석

편집장 § 문혜영
편집책임 § 문정흠
편집 § 서지현

펴낸곳 § 도서출판 청어람
등록번호 § 제1081-1-89호
등록일자 § 1999. 5. 31
어람번호 § 제2-1664호

주소 § 경기도 부천시 원미구 심곡2동 163-2 서경B/D 3F (우) 420-822
전화 § 032-656-4452 팩스 § 032-656-4453
http://www.chungeoram.com
E-mail § eoram99@chollian.net

ⓒ 신일룡, 2008

ISBN 978-89-251-1660-0 04810
ISBN 978-89-251-1622-8 (세트)

光

FANTASTIC ORIENTAL HEROES

신일롱 新무협 판타지 소설

3

잠풍(潛風)

風

바람에 미쳐
바람이 된 자

풍신유사

청람
도서출판

目次

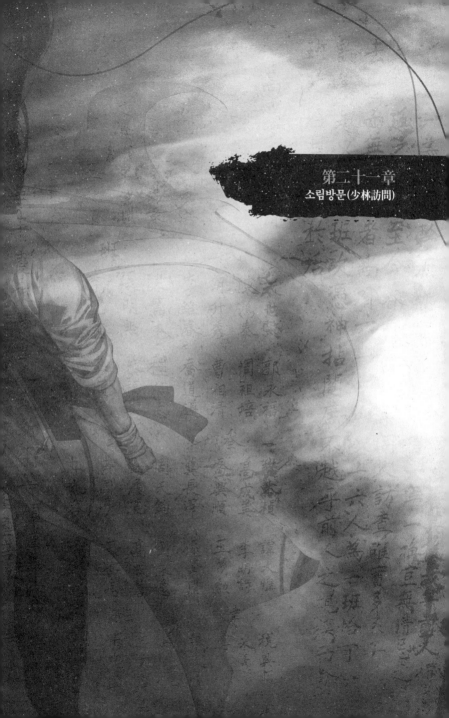

第二十一章
소림방문(少林訪問)

風神遺事

오월도 열흘이 지났다.

점점 길어진 해가 그 열기를 다하고 서편으로 사라진 유시초.

소림사 내부 깊숙이 위치한 한 전각에 불이 켜졌다.

"장문인, 대허(大虛)입니다."

우람한 체구의 오십대 승려 하나가 불이 켜진 전각 앞에 서서 음성을 발했다. 그의 목소리는 나직하면서도 체구만큼이나 힘이 있었다.

"들어오시게."

전각의 문 안에서 희미한 음성이 흘러나왔다. 대허라 밝힌 자와는 달리 힘이 느껴지지 않는 음성이다.

대허가 문을 열고 들어서자 육십에 이른 듯한 승려가 그를 보며 옅은 미소를 머금었다.

"어서 오시게, 사제."

대허는 자신의 사형이자 당금 소림의 장문인인 대광(大廣)을 향해 읍했다.

"장문인을 뵙습니다."

대광을 대하는 대허의 태도는 매우 공손했다.

기실 둘은 사제지간이면서도 소림 내에서 자주 왕래가 없던 사이였다. 두 사람이 가는 길이 서로 다른 까닭이었다.

소림은 불도에만 정진하는 법승(法僧)과 불법을 기본으로 무공을 연마하는 무승(武僧)을 엄격히 구분했다.

살생을 금기시하는 소림이 강호 구대문파 중 한 자리를 차지한 이유가 무승들 때문이라면, 가장 높은 불법을 유지하는 까닭은 법승들 때문이었다.

두 부류는 전혀 다른 길을 가기에 만날 일이 별로 없었지만, 서로 간에 우열이나 위화감 따위는 전혀 없었다.

법승들은 법승들대로, 무승들은 무승들대로 각자가 누대에 걸쳐 내려온 소림의 진전들을 잇는다는 사명감으로 자신들을 다그칠 뿐이었다.

다만 한 가지 변치 않는 철칙이 있다면, 무승은 절대 장문인이 될 수 없다는 것이었다. 불도에 정진한 법승들만이 장문인이 될 자격이 있었다.

이는 소림이 본시 무를 숭앙하는 단체가 아닌, 불도에 뿌리를 둔 곳임을 자타에 각인시키기 위한 방편이라 할 수 있었다.

오랜 세월 방장실을 자주 찾지 않던 대허는 삼 년 전부터 사흘이 멀다 하고 방장실을 찾아 대광을 만났다. 근래 들어서는 매일같이 드나드는 실정이었다.

무승이 소림의 일에 전면으로 나서는 때는 외부의 위협과 침입이 있을 때뿐이었다. 마주 앉은 대광과 대허의 입에서는 그에 대한 말들이 흘러나왔다.

"저들은 여전히 중악평에서 움직이지 않고 있습니다."

"보름째인가?"

"그렇습니다."

"다른 무리들은 어떠한가?"

"그들 역시 마찬가지입니다. 멈춘 곳에서 움직일 줄을 모릅니다."

"모두가 멈춰 있다……? 덕분에 우리 역시 멈춰 있을 수밖에는 없는 것인가? 아미타불……."

자문인지 아니면 씁쓸함의 표현인지 모호한 대광의 중얼거림에 잠시 침묵한 대허가 입을 열었다.

"장문인, 당가주가 보낸 서신에 대해서는 생각해 보셨는지요?"

대허의 물음에 대광의 표정이 심각해졌다.

"공조를 취하자는 당가주의 생각에는 찬성하지만, 독을 사용하자는 것이 마음에 걸리는군."

대허는 고개를 끄덕였다.

"장생전(長生殿) 장로들 대부분의 생각 또한 그러합니다. 하지만 독의 사용을 무조건 배척하는 것에는 신중할 필요가 있다는 의견도 있었습니다."

"신중할 필요가 있다니? 무슨 의미인가?"

"경우에 따라서는 불가피하게 독을 쓸 수도 있다는 것이지요."

"최악의 경우를 말함인가?"

"그렇습니다."

"아미타불······."

최악의 경우란 대항할 아무런 힘도, 희망도 없을 때를 말했다.

대소림이 그런 일이 벌어질 경우까지를 염려해야 한다는 사실에 대광의 낯빛이 어두워졌다.

천 년을 굳건히 버텨오며 누구도 범접치 못할 명성과 성세를 이루어온 소림이다.

그 긴 세월 동안 소림에 대적하며 위협을 가한 자들은 적지 않았지만, 그 누구도 '최악의 경우'까지 소림을 몰고 가지는 못했다. 기껏해야 얼마간 봉문을 하는 것에 그치곤 했다. 왜냐면 그들에겐 그럴 만한 능력이 없었기 때문이다.

하지만 이번엔 달랐다.

어천성은 자신들이 소림을 '최악의 경우'까지 몰고 갈 수도 있음을 몸소 보여줬다.

삼 년 전, 다른 구대문파와 마찬가지로 소림도 그들의 방문을 받았다. 당시 그들은 자신들의 요구를 거절하는 소림 장문인과 그를 호위하는 팔대호원(八大護院)을 해하였다.

그들의 술법에 해를 당한 자들은 모두 칠공(七孔)으로 온몸의 피를 모조리 밖으로 쏟아낸 채 죽었다.

그랬다.

대광이 장문인이 된 것은 불과 삼 년 전 일이다.

그들의 손에 죽은 전대 장문인은 바로 대광의 사형인 대원(大元)이었던 것이다.

마침 소란을 듣고 달려나온 계지원(戒持院)의 원로 무승들이 아니었다면 당시 피해는 거기서 그치지 않았을 터였다.

대광과 대허의 사숙조인 백혜(百慧)를 위시한 계지원의 원로 무승들은 힘을 합쳐 그들을 제압해 냈었다.

하지만 그때 모두가 본 그들의 기괴한 술법은 지금도 두 사람의 머릿속에서 생생히 떠올랐다.

잠시 그날의 일을 회상한 대광은 대허를 바라보며 물었다.

"사제의 의견은 어떤가?"

"저는 장문인의 뜻에 따를 뿐입니다."

대광은 고개를 저었다.

"아닐세. 본 사의 실질적 안위는 감원(監院)인 사제가 지키는 것이니, 사제의 판단과 의견을 말씀해 보시게."

잠시 망설이던 대허는 대광이 계속해서 시선을 주자 어쩔 수 없다는 듯 입을 열었다.

"아미타불… 장문인께서 그리 말씀하시니 제 생각을 말씀드리겠습니다. 제가 보기에 이 사안은 독을 금하는 본 문의 계율을 크게 어기는 것인즉, 보다 큰 논의가 있어야 할 듯합니다."

"큰 논의라면… 원로회를 말함인가?"

"그렇습니다. 여러 어른들의 고견을 물어 본 사 전체가 한뜻으로 움직여야만 혹여 금기를 깨더라도 그것에 대한 부작용을 최소화할 수 있을 거라 생각합니다."

"으음……."

대광은 잠시 고민하더니 이내 고개를 끄덕였다.

"사제의 말을 듣고 보니 과연 일리가 있네. 오래 지체할 일이 아니니, 지금 당장 계지원에 사람을 보내는 것이 좋겠군."

"하지만… 괜찮으시겠습니까?"

대허는 조심스럽게 물었다. 그의 표정과 음성엔 미안함과 염려가 모두 담겨 있었다.

대광은 그런 그를 향해 가벼운 미소를 보였다.

"괜찮고, 안 괜찮고가 어디 있겠는가? 본 사와 나아가 강호 전체를 위한 일이거늘. 가장 좋은 방도라면 나는 아무래도 상관없네."

대허는 말없이 그를 응시했다.

대광은 지금 장문인으로서 쉽지 않은 결정을 내렸다.

장문인은 같은 배분의 사형제인 장로들의 추대로 세워진다.

따라서 앞선 배분의 원로들은 형식적이든 실질적이든 장문인 선출에는 아무런 권한이 없었다.

이로써 장문인은 계지원의 아무런 간섭 없이 소신대로 소림을 이끌어 나갈 수 있는 권위를 갖추게 되는 것이다.

이러한 신분의 장문인이기에 원로들의 의견을 물을 이유도, 필요도 없는 것이 당연하지만, 극히 중대한 사안에 한해서 장문인의 결단으로 원로들의 의견이나 도움을 구할 수는 있었다.

하지만 그럴 경우 장문인은 그때부터 계지원의 통제를 받는 위치에 서게 되며, 자연히 본래의 권위 또한 잃어버릴 수밖에 없었다.

그것은 장문인으로서 꺼려질 수밖에 없는 일이었다.

그렇기에 장문인은 가능한 한 계지원에 손을 뻗치지 않으려 했고, 다른 제자들 또한 웬만해선 장문인을 향해 그런 의견을 개진하는 것을 삼가는 것이 상례였다.

대허가 자신의 의견을 고하는 것을 꺼린 이유가 바로 이 때문이었다.

게다가 대광은 장문인이 된 지 이제 갓 삼 년.

그것도 계지원 원로들의 개입으로 사태가 해결된 뒤 세워진 장문인이었다.

그래서 더욱 대광에게 자신의 생각을 선뜻 말할 수 없었던 것이다.

하지만 대광은 그런 것은 전혀 개의치 않는 듯했다.

말로만 그렇지 않다는 것을 대허는 알 수 있었다.

그것은 곧 이어진 대광의 말로도 확인이 되었다.

"가능하다면 이번 기회에 계지원의 어른들을 전면으로 나서시게 함이 바람직할 거라 생각되네. 직접 상대해 보셨으니 이미 그분들께서도 저들의 무서움을 알고 계실 터, 어차피 그분들 없이는 저들과의 싸움은 불가능하다는 것을 인식시켜 드림이 옳겠지."

대허가 생각하는 것을 대광 또한 모두 염두에 두고 있었다. 대허는 더 이상 다른 말없이 고개를 끄덕였다.

"무당에서도 당가주의 서신을 받았을 터이니, 모르긴 해도 본 사와 같은 논의를 거칠 것으로 생각됩니다."

"결국 무당 또한 원로들이 나설 수밖에 없을 테지."

"계지원과의 논의가 끝나는 대로 우리가 먼저 무당에 전갈하는 것이 좋을 듯합니다."

"그렇게 하게."

이후 대광과 몇 마디를 더 나눈 대허는 논의의 준비를 위해 방장실을 빠져나가려 했다.

하지만 막 문을 나서려던 그는 돌연 신형을 멈추고 고개를 돌렸다.

그의 시선이 멈춘 곳은 천장 귀퉁이.

그곳을 본 그의 두 눈에서 금광이 번뜩였다.

기둥과 들보가 만나는 턱에 한 인영이 몸을 웅크린 채 그를 응시하고 있었다.

"누구냐?"

당장에라도 몸을 날릴 듯한 기세가 대허에게서 뿜어져 나왔다. 그제야 사태를 파악한 대광도 크게 놀란 표정으로 인영을 주시했다.

하지만 인영은 대허의 기세를 보고도 전혀 동요없이 유유히 신형을 움직여 바닥에 내려섰다.

"놀라게 해드려 죄송합니다. 소생은 관우라 합니다."

"……?!"

공손한 태도.

몰래 잠입한 자의 행동으로 보기엔 기이할 정도였다.

그러나 대허는 그런 감정을 지우며 관우를 잔뜩 경계했다.

'외부 경계를 서는 제자들은 물론이고, 팔대호원과 내 이목조차 따돌렸다!'

그것은 곧 무엇을 뜻하는가?

마음만 먹었다면 대광과 자신을 아무도 모르게 해하였을 수도 있다는 뜻이었다.

'관우… 관우라면……?'

대허는 어렵지 않게 관우라는 이름을 기억해 낼 수 있었다.

소림을 치기 위해 소집된 무리 중에서 어천성에 반기를 든 자.

이를 처단하기 위해 간 청성제일검을 죽인 자.

당가주의 여식과 각별한 관계에 있는 자.

이것이 근자에 강호에 퍼진 관우에 대한 소문이었다.

'한데 이자가 왜 본 사에……?'

대허는 경계심을 늦추지 않으며 관우를 향해 입을 열었다.

"무슨 속셈으로 감히 본 사의 방장실에 잠입을 한 것이냐!"

"은밀히 장문 스님을 만나뵙기 위한 불가피한 행동이었습니다. 무례를 용서해 주시기 바랍니다."

관우는 거듭 대허와 대광을 향해 고개를 숙였다.

"대허 사제와 시주는 자리에 앉도록 하게."

대광이 나섰다.

그는 이미 평정심을 회복한 듯 그윽한 시선으로 관우를 쳐다보고 있었다.

관우와 대허가 대광의 말에 따라 자리에 앉자 다시 대광이 입을 열었다.

"대광이라 하네. 그래, 은밀히 나를 만나고자 한 이유가 무엇인가?"

관우는 그런 대광의 눈빛을 보며 내심 감탄했다.

소림의 장문인이 무공을 익히지 않았다는 것은 관우도 익히 알고 있는 사실. 그럼에도 대광의 두 눈은 알 수 없는 깊이의 빛을 담고 있었다.

속으로 '과연!' 이란 말을 떠올린 관우는 이내 대답했다.

"그에 대한 대답을 하기 전에 먼저 드릴 것이 있습니다."

"……?"

의아한 표정을 짓는 대광을 향해 관우는 품속에서 꺼낸 서신 한 장을 건넸다.

관우에게서 받아 든 서신을 내려다보며 대광이 물었다.

"이것이 무엇인가?"

"장문 스님께서는 혹 무애라는 법호를 쓰신 분을 알고 계시는지요?"

"무애? 무 자 배라면 네 배분이 앞선… 혹, 사대사조(四代師祖)이신 무애, 그분을 일컫는 것인가?"

"말씀하신 그분이 맞을 겁니다."

"한데 그분에 대해선 왜 묻는 것인가?"

"바로 이것이 그분이 남기신 글이기 때문입니다."

"……?!"

대광과 대허의 얼굴에 동시에 놀람의 빛이 어렸다.

무애가 누구인가?

계지원의 최고 어른이자 자신들의 사숙조인 백혜보다도 두 배분이나 앞선 자였다. 두 사람이 태어나기도 한참 전의 인물이었던 것이다.

하지만 무애라는 이름은 두 사람의 머릿속에 똑똑히 각인되어 있었다.

달마 조사 이후의 소림 최고의 무승.

달마가 남긴 무학의 거의 모든 것을 깨우치고 섭렵한 유일무이한 자.

소림에서 그의 이름을 모르는 자는 아무도 없었다.

그런데 그런 그의 이름이 관우의 입에서 언급된 것조차 놀라운데, 무애가 남긴 글이라니!

"그 말이 정녕 사실인가?"

묻는 대광의 음성엔 불신이 담겨 있었다.

"그렇습니다. 성승께선 돌아가시기 전 제게 이것을 남기셨습니다."

그 말에 더욱 놀라는 대광.

"그분이 지금껏 살아 계셨다는 말인가?"

"믿기 힘드시겠지만 수일 전까지 저와 함께 계셨습니다."

"허어……!"

대광은 결국 입을 벌리고 말았다.

족히 이백 수였다, 이백 수…….

지금껏 살아 있었다면 말이다.

"장문인, 일단 그 서신의 내용을 살펴보시지요."

대허는 상기된 얼굴로 대광에게 말했다.

그의 말을 들은 대허는 나직이 불호를 외며 서신을 펼쳤다.

그가 서신을 다 읽어 내려갔을 즈음 관우가 입을 열었다.

"마지막에 적혀 있는 것은 성승께서 창안하신 초의분심공의 구결입니다. 성승께서 부탁하시진 않았지만, 본디 소림의 것이라 생각하여 전해 드리는 것입니다."

"초의분심공이라……."

대광은 서신을 대허에게 넘기며 관우를 바라봤다.

자세히 관우의 얼굴과 눈빛을 살핀 그는 내심 고개를 끄덕였다.

관우에게선 의기와 굳은 심지가 엿보였다. 적어도 허언을 할 자는 아니라는 생각에 그는 관우의 말을 믿기로 했다.

"관우라 했는가?"

"예."

"고맙네. 이런 귀하고도 중한 것을 본 사에 전해준 은혜는 잊지 않을 것이네."

"은혜라니요. 성승께 받은 은혜에 비하면 이는 아무것도 아닙니다."

"한데 그분과는 어떻게 인연이 닿았던 것인지 말해줄 수 있는가?"

"바로 이것, 초의분심공에 대한 가르침을 받기 위해 제가 성승을 찾아 나섰습니다."

"가르침을 받기 위해서라니? 그분에게 초의분심공이 있음을 어찌 알았단 말인가?"

"제 사부님께서 말씀해 주셨습니다."

"시주의 사부와 그분이 알고 계셨던 사이란 말인가? 시주의 사부의 대명이 어찌 되시는가?"

"그것은 말씀드려도 모르실 겁니다. 제 사부님께선 강호인이 아니실뿐더러, 제 사문 또한 세상에 알려진 곳이 아니기 때문입니다."

"······?"

대광은 말없이 관우를 응시했다.

그리곤 곧 다시 입을 열었다.

"시주가 은밀히 이곳에 잠입한 까닭이 바로 그런 시주의 사문과 관련이 있는 듯하군. 맞는가?"

"그렇습니다."

"말해보게, 까닭이 무엇인지."

관우는 대광과 대허를 차례로 일별한 뒤 말했다.

"제 사문은 풍령문이란 곳입니다. 풍령문이 존재하는 이유는 오직 하나, 저들 어천성의 무리들을 제압하기 위함입니다."

"어천성을 제압한다?"

"정확히는 광령문과 수령문, 지령문, 삼 개 문파입니다."

"……?"

대광과 대허의 얼굴에 의아함이 떠올랐다.

전혀 예상치 못한 말들이 관우의 입에서 흘러나오고 있었던 것이다.

그런 그들을 향해 관우는 계속해서 말을 이었다.

어천성의 정체와 풍령문의 정체, 그리고 자신의 사명과 무애를 찾아가게 된 이유까지…….

제법 긴 이야기가 계속되는 동안 두 사람은 숨을 죽였다.

잠시 뒤 관우의 이야기는 끝났지만 그들은 쉽게 입을 열지 못했다.

얼마간의 침묵이 이어진 후, 그때까지 잠자코 있던 대허가 입을 열었다.

"우리가 자네의 말을 믿게끔 해줄 수 있는가?"

관우는 말없이 대허를 쳐다봤다.

믿게끔 해달라는 말은 지금까지 자신이 한 말을 선뜻 믿지 못하겠다는 뜻이었다.

관우는 대허를 이해했다.

누군가 갑자기 찾아와 이런 말들을 늘어놓는다면 자신이라도 쉽게 믿지 못했을 터였다.

"대사께서는 삼 년 전 이곳을 찾았던 어천성의 인물들을 직접 보셨습니까?"

관우가 묻자 대허는 고개를 끄덕였다.

"보았네."

"그럼 그때 그들이 펼친 수법 또한 보셨겠군요."

"그렇다네. 그들이 펼친 것은 무공이라 할 수 없는 것들이었지."

"저 또한 그와 같은 것을 보여 드리겠습니다."

관우의 말이 채 끝나기도 전이었다.

"음?!"

대광과 대허는 두 눈을 부릅떴다.

'이럴 수가!'

없다.

눈앞에 앉아 있던 관우의 신형이 순식간에 사라져 버렸다.

아무런 조짐도, 기세도 느낄 수 없었다.

문은 여전히 닫혀 있었고, 방 안 어디에도 관우의 모습은 보이지 않았다.

그야말로 연기처럼 꺼져 버렸다는 표현이 옳으리라.

두 사람이 경악스런 얼굴로 서로를 쳐다보고 있을 때쯤, 사라질 때와 마찬가지로 관우가 그들의 눈앞에 다시 모습을 드러냈다.

마치 흩어졌던 모래가 조합되어 사람의 형체를 만드는 듯한 착각이 들 정도로 기괴한 장면이었다.

"어… 찌 이런 일이!"

대허는 자신의 눈을 의심하며 탄성을 터뜨렸다.

"이제는 제 말을 믿으시겠습니까?"

관우의 음성에 정신을 추스른 대허는 대답 대신 질문을 던졌다.

"방금 보여준 것이 대체 무엇인가?"

"섭풍술이란 것입니다."

"섭풍술……? 그럼 그것이 바람을 이용하여 펼친 것이란 말인가?"

"그렇습니다. 바람이 통하는 곳이라면 거리에 따라 순간적으로 이동이 가능합니다."

거리에 따른다는 것은 거리에 일정한 제약이 있다는 뜻이었다. 하지만 그러한 제약 여부에 관계없이 대허의 놀라움은 매우 컸다.

"하면 바로 그 섭풍술을 온전히 펼치기 위해 무애 그분이 창안하신 초의분심공이 필요했다는 뜻인가?"

"그렇습니다."

"그럼 지금 우리에게 보여준 것이 온전한 섭풍술인가?"

관우는 고개를 저었다.

"앞으로 정진해야 할 부분이 남아 있습니다."

"저들을 제압하는 것은?"

"아직은… 어렵습니다."

"그렇다면 지금으로선 시주 혼자 저들과 싸우는 것이 불가능하지 않은가?"

"바로 그 때문에 소림을 찾은 것입니다."

"아미타불… 관 시주는 본 사의 도움을 바라는 것인가?"

대광이 나직한 불호와 함께 대화에 끼어들었다.

관우는 대허를 향하던 시선을 대광에게 옮기며 말했다.

"구체적인 도움을 청하고자 함이 아닙니다. 그저 몇 가지 부탁을 드리고자 함입니다."

"말해보시게."

관우는 대광의 두 눈을 직시하며 말했다.

"당분간 어천성과의 싸움을 피해주십시오."

대광은 묵묵히 관우를 바라보며 물었다.

"그리해야 하는 이유가 무엇인가?"

"조금 전에 말씀드린 것이 그 이유입니다."

"조금 전이라면… 시주가 저들을 제압하는 것이 어렵다는 이야기 말인가?"

"그렇습니다."

그러자 대허가 곁에서 힘있는 음성을 발했다.

"젊은이가 오만한 면이 있군. 본 사를 경시하는 것인가?"

그러나 관우는 조금도 위축되지 않고 말했다.

"소림의 위명이 결코 헛되지 않다는 것을 잘 압니다. 무당 또한 마찬가지겠지요. 하나, 소림과 무당이 합세한다 해도 저들을 상대할 순 없습니다. 설혹 당가가 돕는다 해도 결론은 달라지지 않습니다. 저들은 어천성이란 이름으로 자신들을 드러냈지만, 그것은 저들이 가진 힘의 반도 채 되지 않습니다."

　"……!"

　반도 채 되지 않는다?

　관우가 한 말의 사실 여부를 떠나서 대허는 물론이고, 대광마저 적잖은 충격을 받은 듯했다.

　그런 그들에게 계속해서 말을 하는 관우의 표정은 단호하기까지 했다.

　"저들이 소림을 치기 위해 강호방파들에 소집령을 내린 이유가 자신들의 피해는 줄이고, 강호 전체의 힘을 약화시키기 위함임은 이미 짐작하고 계실 겁니다. 하지만 만일 저들이 직접 소림을 치고자 작정했다면, 이 시간까지 소림이 무사치는 못했을 거라 단언합니다."

　탕!

　더 이상 참지 못한 대허가 탁자를 후려치며 관우를 쏘아봤다.

　"감히 이곳이 어느 안전이라고 그런 말을!"

　당장에라도 신형을 일으킬 듯한 그의 두 눈에선 휘황한 금광이 번들거리고 있었다.

　"사제는 노를 가라앉히시게."

　대광이 슬쩍 손을 들며 제지하자 대허는 즉시 자세를 바로

하며 관우에게서 시선을 거뒀다. 그러나 그의 두 눈에 서린 금
광은 사라지지 않고 있었다.

관우는 두 사람의 반응을 살피며 내심 고개를 끄덕였다.

관우의 말에 분을 품은 것은 대허뿐만이 아니었다. 장문인
인 대광 역시 그러했다.

하지만 노를 발한 것은 대허였다. 대허는 대광을 대신하여
노를 발한 것이다. 소림 장문인의 위엄을 지키고자 한 마음이
었고, 이러한 그의 마음을 대광은 모르지 않았다.

당장 손을 쓸 듯하던 대허가 금세 노를 가라앉힌 것은 바로
그러한 이유였던 것이다.

관우가 생각하는 동안 대광이 입을 열었다.

"내가 보니 관 시주는 작정을 하고 나를 찾아온 듯하군. 본
사가 시주의 부탁을 들어줄 거라 생각했는가?"

"그렇습니다. 소림이라면 현명한 판단을 내릴 수 있는 곳이
라 여겼기 때문입니다."

"진정 본 사와 무당이 합세하여도 저들을 상대치 못할 거라
보는가?"

관우는 일말의 망설임도 없이 대답했다.

"소림에 무애 성승과 같은 분이 수십 명이 계신다고 해도 저
들을 감당할 수 없습니다."

"……!"

"그러나 때를 기다려 저와 함께 싸운다면 충분히 저들을 제
압할 수 있습니다. 이는 불필요한 희생을 막고자 하는 것이지,

소림의 권위를 무시하는 것이 결코 아닙니다."

관우는 뜨겁게 대광과 대허를 바라봤다. 자신의 진심이 두 사람에게 전해지길 바라며.

"좋네. 자네의 부탁을 들어준다고 하지. 하면 본 사를 치기 위해 중악평에 모인 무리들은 어찌하란 말인가? 저들이 공격을 감행해도 손을 놓고 있으란 말인가?"

대허가 분기가 채 가시지 않은 음성으로 물어왔다.

"그들은 결국 소림을 공격하지 못할 것입니다."

"그게 무슨 말인가?"

"아까 말씀드린 세 문파는 본 문을 상대하기 위해 일시적으로 힘을 합친 것뿐, 실질적으로는 결코 융화될 수 없는 자들입니다. 끝내 제가 저들 앞에 나타나지 않는다면 분열과 다툼이 일어날 것은 자명한 일. 이미 그런 조짐이 나타난 것을 두 분께서도 알고 계실 겁니다."

"으음……."

그랬다.

사천에서 온 무리들이 중악평에 당도한 지가 벌써 이십 일이었다. 그간 강남과 강북에서 오던 무리들이 꿈쩍도 하지 않고 있다는 사실은 이미 그들도 알고 있는 바였다.

어느 정도 추측은 하고 있었다. 그런데 관우는 그 모든 것이 분열의 조짐이라고 확언하고 있는 것이다.

대광과 대허는 잠시 침묵하며 생각에 잠겼다.

그들은 관우의 의중이 무엇인지 대강 파악할 수 있었다.

당분간 어천성과 싸우지 말라는 것은 저들이 분열될 것이 자명하니 저들이 서로 다투도록 놔두라는 뜻이었다.

서로 물고 물리면 피해는 고스란히 그들 차지가 될 터였다.

또한 셋 중 하나가 남는다 해도 이미 그 힘은 지금의 삼분지 일로 줄어든 상태가 될 것이다.

그때 저들을 상대한다면 지금보다 훨씬 수월하게 싸울 수 있다는 계산이리라.

하지만 관우의 생각엔 문제가 있었다.

"자네의 생각이 맞다고 해도 저들이 분열되어 상잔(相殘)하기만을 바라고 기다리는 것은 어리석은 생각이네. 저들이 우리의 의중을 짐작치 못할 리도 없을뿐더러, 과연 언제까지 기다려야 하는지 또한 장담할 수 없기 때문이네."

대허는 관우의 말에 반대의 뜻을 분명히 했다.

하지만 그에 대한 관우의 태도는 여전했다.

"저는 저들의 싸움에 방관만 한 채 무작정 기다려야 한다고 말씀드리지 않았습니다."

"그럼 대체 어쩌자는 말인가?"

"저들 중 한 곳을 도와 싸움에 동참하십시오."

"뭐… 뭐라……?"

"저들이 강북과 강남, 사천을 각기 나눠 관장한 것은 그 지역의 문파들을 규합하여 자신들의 싸움에 동원하기 위함이었습니다. 저들이 보기에 무공은 허술한 것이지만, 한편으론 결코 무시할 수 없는 힘이기 때문입니다."

대허는 기가 막힌다는 표정으로 뭐라 말을 하려 했다.

하지만 그런 그를 제지하며 대광이 말했다.

"시주는 계속 말해보게. 저들 중 한 곳이라 힘은 이디를 말함인가?"

"광령문입니다."

"그곳이어야 할 이유가 있는가?"

"저는 이곳을 나서는 즉시 중악평으로 갈 것입니다. 그곳에 있는 무리를 이끌고 온 진무영이란 자의 수하가 되기로 약속하였기 때문입니다. 그자가 사천 지역을 관장하는 광령문의 사람임은 알고 계실 겁니다."

"약속이라니······?"

의아해하는 대광을 향해 관우는 진무영을 만난 일의 자초지종을 설명해 주었다.

"음··· 그자와 그런 거래를 한 것 역시 이와 같은 계산을 염두에 두고 한 일이었군."

"당시로서는 선택의 여지가 없기도 했지요."

관우는 거기까지 말한 후 더 이상 입을 열지 않았다.

대광은 작게 고개를 끄덕이며 두 눈을 지그시 감았다.

관우가 한 모든 말은 일리가 있었다.

아니, 관우가 말한 대로 하는 것이 가장 현명한 최선의 선택일 수도 있었다.

지금 당장 저들과 싸운다면?

승리를 장담할 수 없었다.

장담할 수 없다는 것은 무엇인가?

달리 말해 승리하기 어렵다는 뜻이다.

이미 삼 년 전 그들의 힘을 보았다.

저들에게 굴복하지 않았음에도 불구하고 선뜻 저들을 응징하러 가지 못한다.

이것이 무얼 뜻하는가?

자신이 없다는 것이다, 저들을 이겨 응징할 자신이…….

애써 감추고 부인하려 했을 뿐, 인정하지 않을 수 없는 현실이었다.

그것을 관우가 적나라하게 지적했다. 소림은 절대 저들을 이길 수 없다고.

화가 났지만, 사실 화를 낼 일이 아니었다.

'무엇이 진정으로 소림의 본분과 명예를 지키는 일인가?'

대광은 고심했다.

그는 대소림의 장문인이었다.

잠시 후, 그는 나름 결론을 내렸다. 하지만 그것을 즉각 입밖으로 내뱉지 않았다. 한 가지 걸리는 것이 있어 확인해야 했기 때문이다.

"본 사에서 당장 어찌하여야 한다고 보는가?"

대광의 말을 들은 관우의 두 눈에 힘이 들어갔다.

그가 자신의 말을 받아들였음을 알 수 있었기 때문이다.

"저들이 서로 본격적인 대립에 들어가게 될 때를 기다려 광령문에 합세하라는 내용의 서신을 구대문파와 세가들에 보내십시오."

'역시……'

내광은 내심 고개를 끄덕였다. 자신이 염려하고 있는 것을 관우 역시 생각해 두고 있었던 것이다.

만일 소림이 광령문에 붙으면 다른 두 문파의 명에 따라야 하는 나머지 문파들과 어쩔 수 없이 칼을 겨누게 되는 일이 벌 어질 터였다.

그런 일은 있어선 안 된다. 해서 관우에게 그에 대한 방도가 있는지 확인을 해본 것이다.

중소 방파들은 크게 염려하지 않아도 된다. 각 대문파의 움 직임에 따라 움직일 수밖에 없는 것이 그들이기 때문이다.

어천성에 대적하던 소림이 돌연 그중 한 세력인 광령문을 따르는 것도 모자라 각 대문파에 광령문을 따를 것을 종용한 다면 그 여파는 매우 클 것이 자명했다.

강호 전체뿐만 아니라, 어천성에게도 커다란 충격이 될 터 였다.

"곧 본 사의 원로분들과 이 일에 관련하여 논의를 가질 것이 네."

"장문인! 어찌……!"

대광의 말에 대허의 표정이 일그러졌다.

하지만 자신을 향해 말없이 고개를 끄덕이는 대광을 보며 대허는 짧은 한숨과 함께 입을 닫았다.

그것을 지켜보던 관우는 천천히 자리에서 일어나 고개를 숙였다.

"고맙습니다, 장문 스님. 마지막으로 제가 은밀히 장문 스님을 찾아온 이유를 헤아려 주셨으면 합니다."

"알겠네. 시주에 대한 일은 함구하도록 하지."

"그럼, 또 뵙지요."

"아미타불… 몸조심하길 빌겠네."

사락……!

관우는 조금 전과 같이 순식간에 자취를 감췄다.

이를 본 대광과 대허의 얼굴엔 또다시 경악에 찬 표정이 떠올랐다. 다시 보아도 그저 놀라울 따름이었다.

第二十二章
태산(泰山)

風神遺事

중악평은 소실산 남쪽 끝자락에 위치한 평원이다.

　숭산을 제외하곤 인근엔 높은 산이 없었다.

　벌판과 평야 지대가 서로 만나 널찍한 지형을 이루니, 이를 사람들이 중악평이라 불렀다.

　평소 쉽게 인적을 찾아볼 수 없던 중악평에 스무날 전부터 오백이 넘는 사람들이 자리를 잡았다. 성도에서 출발한 사천 연합, 제삼군이었다.

　이들이 세운 장막이 중악평 한쪽에 옹기종기 모여 있었다. 그 가운데 기거하는 무인들의 모습도 심심찮게 볼 수 있었지만, 전체적으로는 분위기가 조용했다.

　장막들 중앙에 다른 것들과는 다른 형태의 막사 하나가 보였다.

막사 안에는 진무영과 장청원이 마주 앉아 이야기를 나누고 있었다.

"주공께서 마지막으로 요청한 회합 자리에도 결국 두 문주는 나타나지 않았다고 합니다."

"훗, 소림을 치자고 여기까지 온 일이 헛짓이 되고 말았어."

진무영이 쓴웃음을 머금으며 말했다.

"기왕 온 김에 치고 갈까? 그냥 가기 아쉽군."

"이 정도 수로는 어렵지요."

"장 숙과 내가 나선다면?"

장청원의 입가에 옅은 미소가 어렸다.

"이미 주공으로부터 돌아오란 명이 떨어졌습니다."

"이런! 급하기도 하셔라."

"싸울 준비를 하려면 서둘러야겠지요."

"여기 있는 자들은 어찌하라셨지?"

"일단 돌려보내란 명입니다."

"다시 모으기 쉽지 않을 텐데."

"경우에 따라 더 수월할 수도 있겠지요."

"그건 그렇군."

고개를 끄덕인 진무영은 무슨 생각이 들었는지 살짝 미간을 접었다.

"한데 그 친구는 아직도인가?"

"그렇습니다."

"기한이 오늘까지였지, 아마? 뭐, 좌우간 뜻밖의 능력이야. 중광원 원사 둘의 이목을 따돌리다니 말이야."

진무영의 얼굴에 떠오른 흡족한 표정을 보며 장청원이 입을 열었다.

"건곤문이란 곳에 대해 좀 더 조사를 해보는 것이 좋을 듯합니다."

"굳이 그럴 필요가 있을까?"

"천문에서 갈라져 나왔으니 건곤문이 지닌 무공 또한 천문과 크게 다르지 않을 겁니다. 천문이 비록 일반 강호방파와는 다른 힘과 영력을 지녔다곤 하나, 육백 년 전에 보였던 저들의 힘을 고려하면 중광원 원사 둘을 따돌린 관우란 자의 실력은 의심스러운 부분이 있습니다."

"천문의 실력이 어떠했기에 그러지?"

"당시 천문의 문주가 보인 실력은 중광원의 원사와 맞먹는 수준이었습니다."

"흐음, 육백 년 전에 그러했다면, 지금의 소광원 원사 한둘을 겨우 상대할 만한 실력이겠군."

"바로 그 점입니다. 그에 비추어볼 때 그자는 소주께서 말씀하신 대로 뜻밖의 능력을 지닌 것이지요."

"흐음……."

진무영은 장청원의 말에 수긍하는 듯하면서도 고개를 갸웃거렸다.

"육백 년 동안 본 문의 힘도 강해졌으니, 그들도 조금 강해졌을 수도 있지 않을까?"

"물론 그럴 가능성이 전혀 없는 것은 아닙니다. 말씀드린 대로 천문이란 곳은 특수한 곳이니까요."

"그러니까 장 숙의 말은 아직 모든 게 가능성일 뿐이니, 그 친구에 대한 것을 확실하게 해두자는 뜻이로군?"

"그렇습니다."

"알았으니까 장 숙의 뜻대로 해. 하지만 이미 그 친구는 내 수하가 되기로 약조한 몸, 진짜 정체가 뭐든 달라지는 것은 없을 거야."

그때였다.

"소문주님, 소문주께서 찾던 관우란 자가 왔습니다."

막사 밖에서 들린 음성을 들은 진무영의 얼굴에 돌연 생기가 돌았다.

"오! 드디어 오셨군. 어서 들여보내."

그의 말이 떨어지자 곧 막사 안으로 관우가 모습을 드러냈다.

진무영은 앉은 채 관우를 맞이했다.

관우는 그와 눈이 마주치자 무릎을 꿇으며 고개를 숙였다.

"소문주님을 뵙습니다."

진무영은 두 눈에 살짝 이채를 띠며 말했다.

"소문주님이라… 듣기 좋군. 하지만 표정과 태도는 말처럼 공손하지 못한 듯한데?"

"소문주님 앞에서 굳이 마음을 속이고 싶진 않습니다. 하나

허울을 좋아하신다면 가식이나마 예를 갖춰 드리겠습니다."

"후후……!"

진무영의 얼굴에 미소가 번지기 시작했다.

흐릿하던 그 미소는 점점 짙어져 얼굴을 가득 메웠다.

마치 닫혔던 꽃봉오리가 활짝 피어나는 듯한… 실로 같은 남자가 봐도 매우 고혹적인 미소가 아닐 수 없었다.

"장 숙, 아무래도 오늘 내가 참 건방진 수하를 하나 얻은 것 같아."

장청원은 알 듯 모를 듯한 미소만 떠올릴 뿐, 대꾸하지 않았다. 자신의 대꾸를 바라고 한 말이 아님을 잘 알고 있기 때문이다.

"그런데 참 이상하지? 저런 건방진 모습이 그다지 싫지가 않단 말씀이야. 왜 그럴까?"

진무영은 여전히 웃음을 머금은 채 관우를 향해 말했다.

"뭐, 예는 그 정도면 됐고… 그래, 해야 할 일이라는 건 잘 끝내고 온 건가?"

"그렇습니다."

"그거 다행이군."

"배려해 주신 덕분이지요."

"배려는 무슨. 아! 자네 동료의 일은 유감으로 생각하네. 어쩔 수 없었어. 그땐 기분이 별로 좋지 않았거든."

"본의 아니게 심려를 끼쳐 드려 죄송할 뿐입니다."

"……"

진무영은 잠시 관우를 가만히 응시했다.

전혀 동요하지 않는 표정.

'확실히 재밌어.'

관우가 관불귀의 죽음에 대한 자신의 속내를 감추고 있다는 걸 잘 알았다.

하지만 무엇을 감추는지, 왜 감추는지는 짐작할 수가 없었다.

그러나 관우의 그런 면을 발견할수록 흥이 돋는 진무영이었다.

"홋, 죄송할 필요 없어. 결국 이렇게 왔으니까. 그리고 사실 내가 붙인 자들을 따돌린 그 솜씨는 아주 마음에 들었거든. 대체 어떻게 따돌린 거지?"

"작은 재주였을 뿐입니다. 솜씨라 할 것이 못 됩니다."

"이런! 그새 재미가 영 없어졌군. 표정은 굳었고, 말투는 딱딱하고. 처음 봤을 때의 그 유연함과 여유는 다 어딜 간 거지?"

"그때와는 처지가 다르니, 태도 또한 달라지는 것이 당연하지 않겠습니까?"

"처지? 처지라⋯⋯."

진무영의 입가에 다시 미소가 번졌다.

관우의 말은 묘했다.

누구의 처지가 달라졌다는 뜻인가?

진무영의 처지인지, 아니면 관우 자신의 처지인지, 그도 아니면 둘 다인지……

또 처지란 단순히 신분이나 상태를 말함인가, 아니면 마음을 말함인가?

"한 가지는 여전한 것 같군. 그때나 지금이나 네 말은 나로 하여금 생각을 하게 만든단 말씀이야. 후후……."

관우는 잠자코 진무영을 바라볼 뿐이었다.

그런 관우를 향해 진무영이 다시 입을 열었다.

"곧 태산으로 갈 것이니 준비하도록 해. 못다 한 이야기는 가면서 나누도록 하지."

"태산으로 돌아간다면, 소림은 치지 않는 것입니까?"

"문제가 좀 생겼거든. 그것 역시 가면서 말해주지."

관우는 상황이 이미 자신이 예상한 대로 거의 흘러갔음을 알 수 있었다.

"알겠습니다. 그럼 잠시 후에 뵙지요."

처음과 달리 짧게 읍한 관우는 곧 막사를 빠져나갔다.

"저 또한 돌아갈 준비를 해야겠군요."

관우가 사라지자 장청원이 자리에서 일어서며 말했다.

그런 그를 향해 진무영이 물었다.

"아버지께서도 좋아하시겠지?"

장청원은 고개를 끄덕였다.

"마음을 끄는 구석이 있는 자입니다."

"의심은 하지만 장 숙도 마음에는 드는 모양이군?"

"어디까지나 주공과 소주께 도움이 된다는 전제에서지요."

"얼마나 도움이 될 것 같아?"

"확실한 것은 지켜봐야 하지 않겠습니까?"

"그래도 예상이란 게 있잖아?"

장청원은 웃었다.

"소주께선 어디까지 기대하고 계십니까?"

"처음엔 그저 강호의 무인들을 주관하는 자로나 쓸까 했는데, 지금은 거기서 그치기엔 아까운 생각이 드는군."

"그자가 소주의 기대를 저버리지 않기를 바라야겠군요."

"기대에 미치는지 안 미치는지는 조만간 알게 되겠지."

방금 관우가 빠져나간 문을 야릇한 시선으로 바라보는 진무영이었다.

＊　　　＊　　　＊

"어서들 오게."

당인효는 집무실로 들어온 세 사람을 보며 자리를 권했다.

"당 소저의 부친께서는 며칠 통 안 보이시는 듯합니다."

자리에 앉은 조치성이 궁금한 듯 물었다.

"가형께서는 예전부터 마음에 두신 심득을 깨우치시고자 사흘 전 폐관에 드셨네."

"아! 그러셨군요."

"그건 그렇고, 이렇게 자네들을 청한 것은 몇 가지 일에 대하여 상의를 하기 위함이네."

"말씀하십시오."

"이미 자네들도 중악평에서 온 소식을 들었을 거네."

"그렇습니다."

"어천성이 소림에 대한 공격을 그만뒀다는 사실도 의외지만, 그것보다는 자네들의 대사형인 관우 그자가 진무영의 수하가 되었다는 소식이 더욱 놀랍지 않을 수 없군."

"놀랍기는 저희도 마찬가지입니다. 하지만 분명 어떠한 사정이 있을 겁니다. 익일 아침 저희가 대사형을 만나기 위해 태산으로 출발할 예정이니 사정을 알게 되는 즉시 당가주께 연통을 하겠습니다."

대답을 하는 조치성의 얼굴에서 심각함이 잔뜩 묻어났다.

"다른 게 아니라, 바로 그에 대한 일로 논의를 하고자 하네."

"……?"

당인효는 조치성과 양설지, 양사동을 차례로 쓸어보며 말했다.

"이미 자네들 대사형은 어천성에 몸담은 처지이니 자네들이 찾아간다 해도 그 처지가 쉽게 바뀌진 않을 거라 생각하는데, 이에 대해 어찌 생각하는가?"

"물론 저희도 그 점에 대해 염두에 두고 있습니다. 하지만 모든 판단은 일단 사형을 만나본 뒤에 해도 늦지 않을 것입니다."

"자네들 입장에선 그리 생각할 수 있을 걸세. 하나 본 가의 입장은 다르네. 본 가는 이미 어천성과 싸우기를 작정하고 그 준비가 한창인 상황, 최악의 경우를 생각하지 않을 수가 없군."

"최악의 경우라면……?"

"관우 그자가 진무영의 수하로서 본 가와 맞서는 경우 말이네."

당인효의 두 눈이 예리하게 빛났다.

"으음……."

조치성은 미간을 접으며 잠시 침묵했다.

그때 그의 곁에서 단호한 음성이 흘러나왔다.

"그럴 일은 결코 없을 겁니다."

양사동이었다.

"대사형과 당 소저가 어떠한 관계인지는 당가주께서도 잘 아실 겁니다. 대사형은 절대 그런 어리석은 일을 벌일 분이 아닙니다."

"나 역시 그러기를 바라네. 하나 지금으로선 확실한 것이 아무것도 없으니, 본 가의 가주로서 우려되는 일은 짚고 넘어갈 수밖에 없군."

"그것은 이미……!"

"사제, 잠시."

뭐라 더 말하려던 양사동을 손짓으로 제지한 조치성은 다시 당인효를 향해 시선을 옮겼다.

"당가주님의 입장은 충분히 이해하겠습니다. 하면 저희가 어찌해 드리길 바라십니까?"

조치성은 당인효가 진정 하고 싶은 말이 거기에 있음을 알고 직접적으로 물었다.

이에 당인효는 기다렸다는 듯이 말했다.

"자네들 중 한 사람은 본 가에 머물러 주었으면 하네."

"……!"

조치성 등 세 사람의 얼굴이 동시에 굳었다.

머물러 달라…….

자신들 중 하나를 볼모로 데리고 있겠다는 뜻이다.

그 말은 나아가 두 가지를 의미했다.

자신들과 척을 지고 싶지 않다는 것과 만에 하나 척을 지게 되더라도 자신들의 발목을 잡고 있겠다는 것.

조치성은 고민했다.

이제껏 자신들을 환대했던 당인효가 이렇게까지 나오는 까닭은 충분히 이해했다. 그만큼 모든 정황이 불확실했다.

하지만 셋 중 누군가가 남는 것도 문제였다.

기실 세 사람은 며칠 전 관우로부터 온 전갈을 받았다.

전갈은 다름 아닌 어천성, 정확히는 광령문의 사람을 통해서 은밀히 그들에게 전해졌다.

전갈은 간결했으며 크게 세 가지 내용이 담겨 있었다.

어천성이 당가를 해하지 않으리란 것.

그리고 자신으로부터 전갈을 받았다는 사실을 타인에게 알리지 말라는 것.

마지막으로 서둘러 자신에게 오라는 것.

그것이 다였다.

왜 갑자기 사라졌다 나타났으며, 왜 진무영의 수하가 되었는지에 대해서는 전혀 언급이 없었다.

이런 상황이니 일단 한 사람도 빠짐없이 관우에게 가는 것이 옳았다. 관우의 뜻을 알 수 없으니 일단 시키는 대로 하는 게 덜 위험하기 때문이다.

적절한 대답을 찾기 위해 고심하는 조치성의 귀에 익숙한 여인의 음성이 들린 것은 바로 그때였다.

"그럴 필요 없어요."

"……?"

당인효의 집무실 안으로 한 여인이 들어섰다. 당하연이었다.

그녀는 유유히 걸어와 양사동의 곁에 앉았다.

"네가 여긴 웬일이냐? 돌아가 있거라."

굳은 표정으로 말하는 당인효를 향해 당하연이 입을 열었다.

"제가 이들과 함께 오라버니가 있는 곳으로 가겠어요."

"그 무슨 말도 안 되는 소리냐!"

당인효의 일갈에도 당하연은 꿋꿋했다.

"본 가의 안위를 위해서는 이들 중 한 사람을 본 가에 남게 하는 것보다, 제가 이자들과 함께 가는 편이 더욱 좋을 거예요."

"그게 무슨 억지란 말이냐? 지금과 같은 상황에서 어천성엘

가겠다니? 쓸데없는 말은 그만하고 어서 돌아가거라."

당인효는 그녀를 외면했다. 더 이상 대화를 나누지 않겠다는 뜻이었다.

하지만 당하연은 그에 상관없이 입을 열었다.

"오라버니와 제가 어떤 사이인지 잊으셨어요? 저는 당가주의 여식으로서 어천성에 가는 것이 아니에요. 오라버니의 정혼자로서 가는 거예요. 저는 꼭 오라버니를 만나 그간의 사정을 직접 들어야겠어요."

"돌아가라 한 말, 못 들었느냐."

"숙부님 말씀대로 최악의 경우가 오면 저는 어쩌죠? 오라버니와 본 가가 싸우는 것을 지켜보란 말인가요? 아니면 직접 오라버니와 칼을 맞대기라도 할까요? 그러느니 차라리 죽겠어요!"

당하연은 막무가내였다.

그녀의 두 눈은 어느새 벌겋게 충혈되어 있었다.

이를 본 당인효는 짧은 한숨과 함께 눈을 감았다.

그도 당하연의 심정을 모르는 바 아니었다.

생사를 모르던 정인이 갑자기 적의 수하가 되어 나타났다고 하니 그 마음이 오죽 답답하고 염려스러우랴.

하지만 안 되는 것은 안 되는 것이다.

그녀가 어천성엘 간다는 건 죽음을 자초하는 일이었다.

당인효가 끝내 그녀를 외면하려는 찰나, 묵묵히 앉아 있던 조치성이 나섰다.

"당 소저의 안위는 저희가 책임을 지겠습니다."

"그게 무슨 말인가?"

당인효가 놀란 표정으로 물었다.

"한 사람이 이곳에 남는 것은 저희로서도 매우 곤란한 일입니다. 당 소저를 저희와 함께 가게 해주십시오."

"내 말의 뜻을 제대로 인지하지 못했나 보군."

"가주님의 뜻은 잘 압니다. 그렇기에 말씀드리는 겁니다. 반드시 당 소저가 무사히 돌아오게 하겠습니다. 또한 결코 저희가 당가와 척을 지는 일은 없을 겁니다. 그것이 저희가 드릴 수 있는 약조입니다."

당인효는 조치성을 직시했다.

조치성은 그의 시선을 담담히 받았다.

조치성의 눈빛에서 당인효는 굳은 의지를 엿볼 수 있었다. 다른 방도는 수용할 의사가 없다는 뜻이리라.

"나는 자네들을 보내주지 않을 수도 있네."

나직하지만 강한 어조로 말한 당인효.

대답하는 조치성의 어조 역시 다르지 않았다.

"그렇게 되면 무고한 희생이 따를 수도 있는 일, 그런 일은 없길 바랍니다."

일전불사.

그것이 조치성의 의지였다.

무고한 희생.

세 사람을 막는다면 분명 희생이 따른다. 그리고 그 희생은 결코 적지 않을 것이다.

지난 출행에서 조치성 등이 보여준 무위를 전해 들은 당인효는 그들의 실력을 최소 구대문파의 장로 급으로 판단했다.

만일 그 이상이라면 당가는 상당한 손해를 감수해야 할 터였다.

어천성과 척을 진 상황에서 그런 무모한 짓을 벌일 수는 없는 일. 하지만 그렇다고 그냥 보낼 수도 없는 일이다.

"만약 약조를 지키지 못한다면 어쩌겠는가?"

"대사형을 죽이고, 저희도 목숨을 끊겠습니다."

조치성의 대답은 한 치의 망설임도 없었다.

두두두두두······!

네 기의 인마가 호광성의 관도를 질풍처럼 내달리고 있었다.

앞에는 죽산(竹山). 조금 더 가면 무당산이다.

푸륵! 푸르륵!

말들은 모두 지쳐 있었다. 이틀을 제대로 쉬지도 않고 달린 탓이었다.

성도를 출발한 조치성 등 네 사람은 이곳에 오기까지 육 일동안 촌각을 다투어 이동을 거듭했다.

서둘러 관우를 만나고자 하는 마음은 네 사람 모두 동일했다.

그렇기에 이곳까지 오는 동안 별다른 대화를 주고받지 않은 그들이다.

"오늘은 여기서 쉬고 내일 아침 무당산에 올라가도록 하자."

죽산 부근에서 말을 멈춘 조치성이 나머지 세 사람을 향해 근처의 객잔을 가리켰다.

객잔으로 들어가 여장을 푼 그들은 함께 모여 간단한 저녁을 먹었다.

"너희들, 나한테 속이는 거 있지?"

"……."

저녁을 먹는 도중 대뜸 당하연이 물었다.

모두가 대꾸가 없자 그녀는 양사동을 쏘아봤다.

"너! 말해봐. 뭐야, 감추는 게?"

양사동은 소면을 입에 넣다 말고 두 눈을 끔뻑거렸다.

"감추… 다니요? 무엇을……?"

"알 거 다 아는 사람한테 정말 이럴 거야?"

"감추는 거 없는데……."

난감한 표정으로 조치성과 양설지에게 구조의 눈빛을 보내는 양사동.

이를 본 양설지가 나섰다.

"당 소저의 말 그대롭니다. 이미 우리의 정체를 알고 있는 당 소저에게 더 이상 감출 것도 없고, 감출 이유도 없습니다."

"그래서 오라버니에 대해 달리 알고 있는 게 없다는 거야?"

"그렇습니다."

당하연은 눈을 가늘게 뜨고 양설지를 쳐다봤다.

의심스런 눈초리.

하지만 양설지는 그 시선을 무시한 채 다시 음식에 젓가락을 가져갈 뿐이었다.

'마음에 안 들어!'

저 무뚝뚝함.

도대체 남자인지 여자인지 모를 저 말투와 건조하고도 밋밋한 음성까지.

여인의 감성을 조금도 풍기지 않는 양설지가 탐탁잖은 당하연이었다. 물론 그녀를 포함한 세 사람 다 딱히 마음에 드는 것은 아니지만 말이다.

그래도 별수없었다.

어쨌든 세 사람은 관우의 조력자이자 동료.

좋든 싫든 함께 엮어질 수밖에 없는 사이었다.

"그런데 두 사람 말이야……."

당하연은 무슨 생각이 들었는지 조치성과 양설지를 의미심장한 눈빛으로 바라보며 말했다.

"왜 이렇게 말이 없지? 싸우기라도 한 거야?"

"……?"

그녀의 말에 흠칫한 조치성이 슬쩍 양설지를 힐끔거렸다.

하지만 양설지는 아무런 반응을 보이지 않았다.

"어라? 수상한데? 왜 너만 움찔하는 거지?"

"뭐가 말이오?"

짐짓 아무렇지 않게 되묻는 조치성.

그때였다.

"당 소저는 말을 가려서 해주길 바랍니다."

양설지였다.

"뭐라고? 말을 가려서 하라니, 그게 무슨 말이야?"

당하연이 양설지를 쏘아봤다.

양설지는 태연히 젓가락으로 밥알을 집으며 말했다.

"나이 어린 사제에게 너라고 하는 건 이해하지만, 조 사형과 나한테까지 너라고 하는 건 실례입니다. 앞으로 조심해 주십시오."

"와아! 세게 나오시네? 오라버니 없다고 지금 막 나가는 거야?"

"대사형과는 아무런 상관없는 이야기입니다."

"흥! 그렇게 못하겠다면?"

당하연의 젓가락과 양설지의 젓가락이 동시에 멈추었다.

순간 찾아온 정적.

허공에서 두 여인의 시선이 마주쳤다.

양설지의 입에서 무슨 말이 나오느냐에 따라 일촉즉발의 상황이 될 수도 있는 찰나.

"사매, 그만 됐어. 별것 아닌 일로 서로 감정 상할 필욘 없어."

분위기를 살피며 적절히 끼어든 조치성이었다.

양설지가 묵묵히 있자 조치성은 이번엔 당하연을 향해 말했다.

"사매의 말은 신경 쓰지 않아도 되니, 마저 식사를 하시오."

하지만 상황은 그것으로 정리되지 않았다.

"사형은 괜찮을지 몰라도 저는 괜찮지 않습니다."

"……?"

양설지가 특유의 고저없는 음성으로 말했다.

"이러는데 나한테 신경을 쓰지 말라는 거야?"

당하연까지 다시 맞수를 들고 나왔다.

조치성은 당황하지 않을 수 없었다.

다름이 아니라, 양설지의 태도가 의외였기 때문이다.

평소의 그녀라면 자신의 뜻을 눈치채고 이 정도 선에서 물러섰을 터였다. 그녀는 절대 감정에 치우치는 법이 없었기 때문이다.

그런데 그런 양설지가 예상을 깨고 쉽게 굽히지 않는 것이다.

조치성은 잠시 어찌 대처해야 할지 고심했다.

재차 양설지를 다그치는 것도 조심스러웠다.

그녀는 지금 자신과 약간(?) 불편한 관계에 있었기 때문이다.

그런데 그때 돌연 양설지가 자리에서 일어섰다.

"저는 이만 올라가 보겠습니다. 내일 뵙지요."

그렇게 말하며 이층 객실로 사라지는 그녀.

그런 그녀를 보며 나머지 세 사람은 아무런 말도 하지 못했다.

그저 사라지는 그녀의 뒷모습을 바라만 보고 있을 뿐이었다.

특히나 조치성과 양사동은 무엇엔가 크게 놀란 듯 입을 다물지 못하고 있었다.

"사제, 지금 우리가 듣고 본 게 모두 사실이지?"

"그런… 것 같습니다."

"사매가 삐치다니……."

"믿기지 않습니다."

"허어……!"

두 사람은 마치 넋이 나간 듯 번갈아 가며 중얼거렸다.

그런 그들을 보며 고개를 갸웃거리는 당하연.

"뭐야? 이 분위기는?"

하지만 곧 양미간을 접는 그녀였다.

"그나저나 먼저 시비를 걸어놓고 은근슬쩍 내빼? 고고한 척은 혼자 다 하더니! 흥!"

당하연은 멍하게 앉아 있는 두 사람을 두고 자신의 방으로 올라왔다.

애초에 그녀의 주장으로 양설지와는 같은 방을 쓰지 않았다.

목욕으로 쌓인 여독을 푼 그녀는 침상에 누워 잠을 청했다.

하지만 이런저런 생각에 쉽사리 잠이 오지 않았다.

다시 일어나 앉은 그녀는 품속에서 서신을 꺼내 들었다.

겉봉에 당가주의 친인이 찍힌 그것은 당인효가 무당파의 장문인에게 보내는 친서였다.

당인효는 그녀가 조치성 등과 함께 가는 것을 허락함과 동시에 무당 장문인에게 자신의 친서를 전달할 것을 명했다.

곧장 태산으로 가지 않고 둘러 이곳에 이른 것은 바로 그 때문이었다.

당하연은 서신을 뜯어볼까 하다가 그만두었다.

궁금하긴 했지만, 굳이 그렇게까지 할 필요를 못 느꼈다.

당가는 이미 소림과 무당에 공조의 뜻을 전한 상태였다. 이 서신 역시 그와 관련하여 보낸 것일 가능성이 컸다.

그녀가 듣기로는 소림과 무당은 당가가 제안한 공조 방법에 대해 아직 확실한 답을 주지 않고 있었다.

아마도 그에 대해 독촉을 하는 것이거나, 아니면 처음의 제안을 수정하거나 추가한 것일 수도 있겠다.

다시 서신을 품속에 갈무리한 당하연은 창밖으로 시선을 돌렸다.

칠월도 이제 다 지나가고 있었다.

서서히 가을의 문턱에 들어서는 것인지 창틀 사이로 스미는 밤바람이 제법 서늘했다.

불빛은 지고, 대신 별빛이 총총한 이 밤.

홀로 있는 자에게 마음에 그리는 이가 눈앞에 아른거리는 것은 당연한 일이었다.

"연 매가 너무 귀엽게 보여."

"그것… 뿐이야?"

"예뻐 보이기도 하고."

"또?"

"사랑스러워."

관우의 음성이 들리는 듯했다.

괜스레 마음이 콩닥거렸다.

'좌우간 만나기만 해봐!'

입술을 깨문 그녀는 야무지게 다시 침상에 누웠다.

이불을 덮고 눈을 감았다.

"따뜻하다. 그치?"

"응……."

자신도 모르게 속삭인 그녀는 그렇게 관우의 품에 안겨 잠
이 들었다.

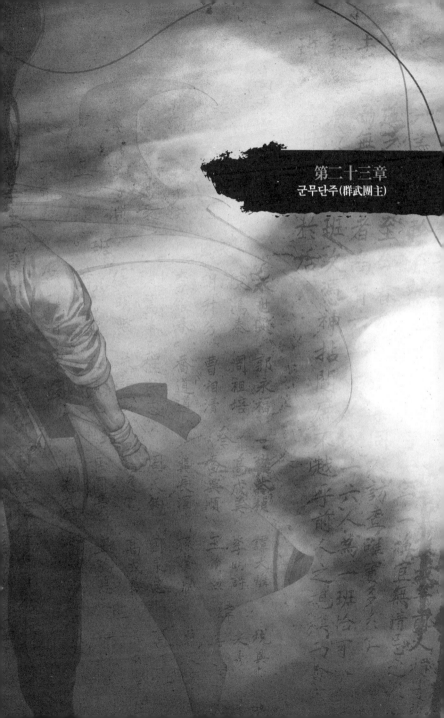

第二十三章
군무단주(群武團主)

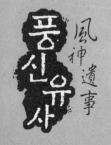
風神遺事

풍신유사

적양자(赤陽子)는 당하연이 건넨 서신을 내려놓으며 말했다.

"당가주의 뜻은 이미 본 파에서도 잘 알고 있으니, 논의가 끝나는 대로 연통을 드리겠다 전해주시오."

속발에 꽂은 옥비녀와 반백의 머리, 하늘로 솟은 검미와 자색 도복이 무당 장문인으로서의 그의 위엄을 충분히 드러내고 있었다.

당하연은 적양자의 반응을 보며 서신의 내용이 자신의 추측대로임을 알 수 있었다.

그녀는 그대로 물러갈까 하다가 조심스럽게 물었다.

"이미 본 가에서 공조의 뜻을 밝힌 지 오래인데, 이렇듯 확답이 늦어지는 까닭이 무엇인지요?"

그녀의 직설적인 표현이 조금은 거슬렸는지 적양자의 얼굴이 살짝 굳어졌다.

"아직 답을 하지 않고 있는 것은 본 파만이 아니라 소림도 마찬가지로 알고 있소."

"그러니 묻는 거예요. 도대체 그 이유가 무엇이죠?"

적양자는 대답하지 않았다. 다만 당하연을 묵묵히 응시할 뿐이었다.

그리곤 이내 입을 여는 적양자.

"당 여협은 이 서신의 내용을 잘 모르고 있는 듯한데, 본도의 생각이 맞소?"

"그건……"

당하연은 움찔했다. 적양자의 말을 듣는 순간 자신이 뭔가 실수를 저질렀구나 싶은 생각이 머리를 스쳤다.

"맞는 듯하구려. 전달자가 서신의 내용을 알지 못한다는 것은 곧 그 일에 깊이 관여치 않는 자란 뜻으로 알고 있소. 또한 그런 자의 임무는 단순히 서신을 전달하는 것으로 그치는 것이 일반이오. 당 여협은 내 말을 어찌 생각하시오?"

"……!"

당하연은 아무 말도 할 수 없었다. 적양자의 말엔 틀린 것이 전혀 없었다.

사실 당인효 또한 그녀에게 서신을 건네면서 그저 적양자에게 전하라고만 했을 뿐이었던 것이다.

'그냥 갈 것을… 쓸데없는 짓을 했어!'

당하연은 슬쩍 꼬리를 내렸다.

"제가 본분을 잊고 경솔했군요."

적양자는 더 이상 말을 섞기 싫다는 듯 말했다.

"아까 말한 그대로 당가주께 전해주시오. 그럼 살펴가길 바라겠소."

노골적인 축객령이었다.

당하연은 기분이 적지 않게 상했지만 별수없이 적양자의 거처인 자소전을 나서야 했다.

'이상해……'

조치성 등이 기다리고 있는 해검지(解劍池)로 내려가면서도 그녀는 찜찜한 기분을 떨치지 못했다.

단순히 적양자에게 무시를 당해서가 아니었다. 뭔가 걸렸다.

가장 걸리는 것은 적양자의 태도였다.

너무 냉정하다.

아무리 자신이 실수를 했더라도 구대문파의 아성에 결코 모자람이 없는 당씨세가를 대표해서 온 자신에게 그런 냉정한 태도는 의외였다.

게다가 이곳은 강호의 태산북두라 일컫는 소림과 견주어도 전혀 손색이 없는 대무당이었다.

무당의 그런 명성은 단순히 무공의 강함으로 말미암은 것이 아니다. 소림에 정심한 법력이 있다면 무당엔 그 못지 않은 높은 도력이 있었다.

정의와 협의를 뛰어넘는 그러한 도력을 지닌 무당의 장문인이 보여야 할 인행이라고 하기엔 방금 그녀가 본 적양자의 언행은 조금 과한 감이 없지 않았다.

본래 의심이 일면 속히 풀어야만 하는 것이 그녀의 성정이다.

하지만 이미 그녀의 마음속엔 다른 생각이 가득하기에 그에 대한 생각은 거기서 그칠 수밖에 없었다.

당하연이 떠난 뒤 적양자의 거처엔 또 한 사람이 찾아왔다.

아니, 그자는 처음부터 그곳에 있었던 듯했다.

기골이 장대하고 양팔이 유난히 길다.

조금 전 당하연이 앉았던 자리에 앉은 장년인의 덩치는 흡사 초패왕 항우를 연상시켰다.

안정된 기도 속에서 풍겨져 나오는 냉혹함.

적양자를 바라보는 장년인의 눈빛이 그러했다.

"뭐라 씌어 있소?"

"직접 읽어보시오."

적양자는 장년인에게 당인효의 친서를 건넸다.

서신을 읽은 장년인의 두 눈에 언뜻 푸른빛이 일렁이는 듯했다.

"비장의 독이라……."

중얼거린 장년인은 곧 서신을 탁자에 내려놓았다.

그런데 매우 놀라운 일이 벌어졌다.

서신의 형체가 조금 전과는 사뭇 달라져 있었다.

말끔하고 팽팽하던 종이가 오래된 것처럼 마르고 쭈글쭈글해져 버린 것이다.

그것을 본 적양자는 내심 긴장하지 않을 수 없었다. 예전에 목격했던 한 장면이 머릿속에 떠오른 까닭이다.

그의 사부, 운룡자의 죽음.

종이가 마르고 구겨진 것처럼 운룡자 또한 자신의 눈앞에서 그렇게 최후를 맞았다. 바로 그의 앞에 있는 장년인의 손에 말이다.

"당가에서 비장의 독을 발견했다니, 환영해야 하는 것인가, 걱정해야 하는 것인가?"

장년인의 음성을 들은 적양자는 상념에서 벗어나며 입을 열었다.

"당가의 독은 귀 문의 입장에선 성가신 거라 하지 않았소?"

장년인은 고개를 끄덕였다.

"물론 그렇소. 하나 본 문에게 성가시다면 저들에게도 역시 그러할 터, 결국 그 독이 어떻게 쓰이느냐가 중요할 거요."

거기서 잠시 말을 끊은 그는 적양자를 향해 시선을 고정했다.

"이제 곧 본격적으로 무당이 본 문을 도와야 할 때가 올 거요. 논의는 어찌 되었소?"

"뜻을 모으고 있는 중이오. 조금만 더 기다려 주시오."

순간, 장년인의 눈빛이 푸르게 변했다.

"본 문이 무당을 두고 보는 까닭은 쓸모가 있어서요. 하나 언제든 쓸모가 없다 판단되면 삽시간에 허공으로 흩어버리는 것쯤은 일도 아니지."

적양자는 절로 모골이 송연해짐을 느꼈다.

저 눈을 바라볼 때면 그렇다. 자신의 사부를 한 줌의 재로 만들 때의 그 눈빛이었다.

하지만 이를 내색하지 않고 담담한 음성으로 대응하는 적양자.

"물론 귀 문이 작정하면 본 파는 모든 것을 잃게 된다는 것을 알고 있소. 하나 본도는 귀 문이 본 파에 쉽사리 손을 쓰지 못한다는 것 또한 잘 알고 있소."

"하하하……!"

고저가 분명한 웃음이 크게 벌린 장년인의 입에서 흘러나왔다.

"그러하기에 우리가 손을 잡은 것이 아니오? 우리가 손을 잡은 것은 서로의 유익을 위함이지 않소?"

"본 파는 귀 문과 손을 잡은 일이 없소."

"굴복이란 표현보단 낫지 않소?"

"……."

적양자가 입을 다물자 장년인은 노골적인 조소를 머금었다.

"이보시오, 장문인. 장문인이 지금 시간을 끌며 본 문과 다른 두 곳을 저울질하고 있다는 것을 잘 알고 있소."

말을 하는 장년인의 손가락이 천천히 무언가를 쓰다듬 듯 움직였다.

그러자 그의 손가락이 지나간 자리에 투명한 무언가가 물방울처럼 맺힌 채 허공을 부유하기 시작했다.

'……!'

그것을 본 적양자의 눈빛이 크게 흔들렸다.

그는 물방울의 근원이 무엇인지 알 수 있었다.

저 물방울은 조금 전까지만 해도 탁자 위에 놓인 서신에 담겨 있던 수분들이었다.

"하지만 애석하게도 우린 장문인께 그런 여유를 줄 만큼 한가하지가 않소. 하여 마지막으로……."

스스스슥……!

손톱보다도 작은 크기의 수적(水滴)이 유유히 적양자를 향해 이동했다.

적양자는 자신의 코앞에 이른 수적을 보며 만일을 대비하여 은근히 태청강기(太淸罡氣)를 일으켰다.

이를 본 장년인은 입가에 미소를 그리더니 살짝 손가락 하나를 튕겼다.

팟!

수적은 마치 폭발하듯 공중분해되어 버렸다.

"사흘을 주겠소. 실망시키지 않길 바라겠소."

"……."

그 말을 끝으로 장년인은 그대로 일어나 방을 빠져나갔다.

사락…….

그가 빠져나간 문틈으로 한줄기 바람이 스며들었다.

푸스스……!

놓여 있던 서신이 가루가 되어 허공으로 흩어졌다.

적양자는 자신도 모르게 몸을 떨었다.

두려움 때문만은 아니다. 치솟는 분노를 억누른 탓이 더 컸다.

똑같았다.

삼 년 전 저들, 수령문이 무당을 처음 방문했을 때 사부의 육신 또한 저렇게 흩어졌던 것이다.

*   *   *

스윽.

관우는 자신의 집무실에 앉아 여러 글들을 살피고 있었다.

탁자 위엔 적지 않은 양의 자료들이 쌓여 있었다.

그것은 모두 어천성에 관한 실질적인 자료들이었다.

어천성의 구조와 조직, 각 조직관의 관계, 각 조직의 수장, 인원 규모 등이 적혀 있었다.

하지만 지금 관우가 보고 있는 자료들은 이미 쓸모없어진 것들이었다.

지금의 어천성은 예전처럼 돌아가지 않고 있었다.

두 무리가 어천성을 떠났다.

어천성에 남은 자들은 광령문의 문도들뿐인 것이다.

수령문은 섬서에 자리를 잡았고, 지령문은 호광으로 이동했다.

오래전부터 계획된 듯, 그들의 떠남은 거침이 없었다.

이제 어천성이 셋으로 쪼개졌으며, 그들이 본래 각자의 세력을 가지고 있었다는 사실은 웬만한 강호인이라면 다 아는 사실이 되어버렸다.

이런 상황임에도 관우가 굳이 예전의 자료들을 살피는 이유가 있었다.

자료들 안에 있는 자들의 출신과 이름, 특징을 알아놓기 위함이었다.

누가 됐든지 자신이 앞으로 상대해야 할 자들이다. 비록 미진한 정보나마 알아두는 것이 도움이 될 터였다.

한편, 이런 여유를 가질 수 있는 것은 딱히 할 일이 없었기 때문이기도 했다.

어천성에 온 지 팔 일째.

관우가 한 일은 딱히 없었다.

진무영 역시 따로 지시하는 사항이 없었다. 이곳에 온 뒤로 그의 얼굴도 제대로 보지 못하였다.

다만 한 가지, 그는 관우에게 하나의 직책을 맡겼다.

군무단주(群武團主).

어천성이 강호를 차지한 뒤 여러 방편을 통해 영입한 무인들이 있었다. 그들의 수는 대략 스무 명.

그들은 구대문파나 삼대세가와 같은 명문정파 출신들과는 거리가 먼 자들이다. 대개가 문파에 속하지 않고 홀로 주유하는 자들로, 과거 은거했던 고수들이 몇몇 섞여 있었다.

그러나 그들의 지닌바 실력만큼은 자타가 최고라 칭할 만큼 뛰어났다.

그리고 어천성은 그들을 한데 모아 하나의 단체를 만들었으니, 그곳이 바로 군무단이었다.

하지만 지금의 군무단은 전과 달리 축소되어 있는 상태였다. 갈라져 나간 두 문파를 따라 떠난 단원들이 있었기 때문이다.

"단주, 탕복이오."

자료의 다음 장을 넘기려는 찰나, 문밖에서 음성이 들렸다.

"들어오시오."

관우는 읽던 자료를 한쪽으로 치우며 안으로 들어오는 자를 향해 시선을 던졌다.

실룩실룩.

가장 먼저 눈에 들어오는 것이 걸을 때마다 출렁거리는 살들이다.

키는 보통에 덩치는 두 사람을 합쳐 놓은 듯 펑퍼짐했다. 물론 그것은 모두 살집이었다.

하지만 뚱뚱한 자가 보통 살에 파묻혀 눈이 작은 것과는 달리, 관우의 앞에 선 이자는 눈이 유난히 크고도 맑았다. 마치 얼굴의 절반을 두 눈이 차지하고 있는 듯한 착각이 들 정도였다.

위탕복(魏蕩覆).

바로 그것이 자칭 신산귀예(神算鬼藝)의 달인이라 칭한 그의 이름이었다.

알아본 바에 의하면, 위탕복은 강호에 전혀 알려진 자가 아니었다. 관우가 그에 대해 알 수 있었던 것은 그가 어천성에 영입된 과정뿐이었다.

위탕복은 어천성이 태산 자락에 세워진 뒤 얼마 후 제 발로 찾아와 어천성 정문을 두드렸다.

어천성에선 아무런 명성이 없는 그를 거절했지만, 그는 결국 진무영을 만났고, 끝내 어천성에 머무르게 되었다.

그렇게 된 이유는 그가 가진 하나의 특이한 능력 때문이었다.

그에겐 예지력이 있었다.

그 예지력은 꿈을 통해 얻는다고 했다.

꿈이 그대로 현실이 되는 것이 아니라, 꿈을 해석하여 앞일을 지각하는 것이다.

그는 진무영에게 자신의 예지력을 보여줬고, 그것으로써 진무영을 흡족케 하여 이곳에 머무를 수 있게 되었다.

하지만 그의 예지력은 하루를 벗어날 수 없다는 한계가 있었다.

꿈의 해석은 꿈을 꾼 바로 다음날에만 적용될 수 있는 것이다.

그래서 그는 스스로 자신의 예지력을 '몽예력(蠓蚋力)' 이라 불렀다. 몽예는 채 하루를 살지 못하는 곤충을 일컫는 바, 말 그대로 '하루살이 예지력' 이었다.

"무슨 일로 나를 찾아왔소?"

위탕복의 나이는 보기보다 많았다. 그는 이미 불혹을 넘긴 지 오래다.

"보고를 하러 왔소."

"……?"

관우는 그의 보고를 기다렸다. 하지만 위탕복은 투실투실한 볼을 실룩이더니 관우를 향해 대뜸 물었다.

"단주, 왜 내게 하대를 하지 않소?"

관우는 되물었다.

"왜 내게 존대를 하지 않소?"

위탕복의 볼이 다시 실룩거렸다. 관우는 그것이 웃는 것임을 알았다.

"단주가 내게 하대를 하지 않으니 그럴 수밖에."

관우 역시 피식 웃었다.

"때가 되면 하대를 할 것이오."

"나는 그때가 오늘 안에 올 것임을 확신하오."

"몽예력이 발동한 거요?"

위탕복은 고개를 끄덕였다.

"이빨이 부실한 호랑이 네 마리가 하늘을 나는 젊은 독수리 한 마리를 개처럼 우러러보고 있었소."

"젊은 독수리가……."

"당연히 단주일 거요."

"그럼에도 내게 말을 높이지 않는 거요?"

"아직은 독수리가 아니질 않소?"

"그 말은, 이제 곧 독수리가 될 거란 뜻이오?"

위탕복의 큰 눈이 반쯤 감겼다. 활짝 웃을 때 나타나는 표정이었다.

"방금 전 패마(霸魔)가 폐관을 끝내고 돌아왔소."

관우의 눈에 이채가 어렸다.

"지금 그들은 어디에 있소?"

"호랑이 넷은 지금 군무단 앞뜰에 나와 단주가 오길 기다리고 있소."

자신을 기다린다?

관우는 그것이 무엇을 뜻하는지 알았다.

거력패마 소광륵(蘇匡勒).

그는 관우가 오기 전까지 군무단의 실질적 우두머리였다.

자타공인의 대마두이면서도 구대문파와 삼대세가의 척살 대상에는 포함되지 않았던 자가 바로 그였다.

그의 성정은 불같았으나, 그렇다고 아무나 해치는 일은 하지 않았다.

정도의 인물이든 사마외도의 인물이든 가리지 않고 해치웠으나, 까닭없이는 손을 쓰지 않았다.

잔혹함으로 점철된 다른 마두들과는 확연히 다른 모습의 그였지만, 그럼에도 그는 마두일 수밖에 없었다.

그가 익힌 천뢰혈공(天雷血功)이 수백 년 전에 사라진 일월마교(日月魔敎)의 오대마공 중 하나였기 때문이다.

소광특이 일 년 전에 폐관에 들었던 탓에 관우는 아직 그를 보지 못하였다.

관우는 그가 나오길 기다렸다. 나머지 단원들의 무시를 담담히 받아내면서 말이다.

실질적 우두머리가 소광특임을 안 이상 나머지하고는 굳이 상대할 필요가 없었다.

그 같은 관우의 생각을 위탕복은 알고 있었다.

그리고 그 결과 또한 어찌 될지도 알았다.

'이 위탕복의 앞날이 매우 흥미로워지겠구나!'

관우의 뒤를 쫓는 그의 양 볼이 연방 실룩거렸다.

군무단의 앞뜰엔 두 명의 거한과 보통 체구를 한 두 사람이 앉아 있었다.

두 거한 중 일인은 머리가 희끗한 초로인이고, 다른 일인은 위탕복의 나이쯤 되는 중년인이다.

나머지 둘 중 하나는 나이를 짐작키 어려운 백발노인이었고, 마지막 일인은 뜻밖에도 한눈에 반할 만한 미모를 지닌 여인이었다.

이들 넷 중 관우의 시선을 잡아 끈 것은 머리가 희끗한 거한이었다.

처음 보는 인물.

그가 바로 거력패마 소광특이리라.

사 인은 각자 편한 자세로 앉아 관우와 위탕복이 다가오는 것을 바라보고 있었다.

"패마, 단주를 데리고 왔습니다."

관우와 함께 그들 앞에 선 위탕복이 소광륵을 향해 말했다.

소광륵은 앉은 채로 관우를 응시했다.

그와 관우의 시선이 정면으로 마주쳤다.

한동안 서로를 바라보던 두 사람 중 먼저 입을 연 것은 소광
륵이었다.

"네가 단주가 되었다는 관우란 아이냐?"

굵직한 음성.

마치 사방에서 동시에 말을 하는 듯한 착각이 들었다.

"그렇소."

관우가 짧게 답하자 소광륵은 굳은 얼굴로 말했다.

"내가 폐관에 든 동안 무슨 일이 있었든 나는 너를 단주로
받아들일 수 없다."

"짐작하고 있었소."

"……?"

태연한 관우의 태도에 소광륵의 봉목이 더욱 가늘어졌다.

"짐작했다고? 무엇을 말이냐?"

"패마, 당신이 수령문의 인물을 통해 어천성에 들어왔다는
것을 알고 있소."

"그래서?"

"당신은 이미 이곳을 떠난 다른 군무단원들을 쫓아 수령문
의 근거지로 가고픈 마음이 있을 것이오."

소광특의 입꼬리가 살짝 위로 휘어져 올라갔다.

관우의 말은 틀리지 않았다. 실제로 그는 그런 마음을 품고 있었다.

사실 폐관을 끝내고 나온 뒤 급격히 바뀐 어천성의 상황에 적지 않게 놀란 그다.

그는 막율(莫聿)이란 자의 권유를 받고 이곳에 왔다. 막율은 관우가 말한 대로 수령문 사람이었다.

한데 이젠 수령문도들은 단 한 사람도 이곳에 남아 있지 않았다. 자신처럼 수령문을 통해 이곳에 온 다른 군무단원들도 수령문과 함께 섬서로 이동했다.

"네 말이 맞다. 내가 너를 이곳으로 부른 이유도 그 말을 하기 위함이었다."

그의 말을 들은 관우가 돌연 정색을 했다.

"당신이 내게 그런 말을 하고자 했다면 응당 단주인 내게 직접 찾아왔었어야 했소. 이렇게 나를 부르지 않고 말이오."

"나는 너를 단주로 인정하지 않는다 했다. 한데도 내가 너를 찾아가야 한단 말이냐?"

"당신은 나를 단주로서 인정하지 않는 것이 아니오."

"……?"

"단지 단주로서의 자격에 의문을 품고 있을 뿐이오."

"말은 청산유수로구나."

"내가 당신에게 인정을 받든, 받지 못하든 나는 군무단주로서의 모든 권한을 가지고 있소. 그것을 인정할 수밖에 없기에

나를 이곳으로 부른 것 아니오?'

"크… 크하하하하!"

소광특의 웃음소리가 앞뜰 가득 울려 퍼졌다.

한바탕 시원스레 웃어젖힌 그가 다시 말하였다.

"좋다. 돌려 말하지 않는 것 하나는 마음에 드는구나! 그래, 그 모든 것을 알면서도 순순히 이곳으로 온 속셈이 무엇이냐?'

소광특의 음성은 조금 전보다 부드러워졌다.

하지만 그에게서 느껴지는 기운은 오히려 더욱 강렬해지고 있음을 관우는 느낄 수 있었다.

"당신에게 기회를 주겠소."

"무슨 기회를 준단 말이냐?'

"나와 싸워 이기면 내가 책임지고 당신을 수령문으로 보내주겠소."

"……?'

관우의 말에 소광특은 두 눈썹을 꿈틀거렸다.

"책임을 지고 보내준다? 네게 그럴 만한 힘이 있단 말이냐?'

"나는 군무단주를 맡으며 위로부터 단원의 생살여탈권을 부여받았소. 내가 당신을 보내고자 하면 아무도 막지 못할 것이오."

"……."

수령문으로 가고픈 소광특의 마음은 컸다.

그는 어천성을 이루고 있던 세 문파 중 수령문이 가장 강하다 여기고 있었다. 그는 직접 수령문의 힘을 두 눈으로 본 자였다.

막율이란 자가 자신을 찾아와 다른 세상을 보여줬을 때의 그 떨림은 아직도 그의 뇌리에 생생했다.

그는 수령문이 결국 패자(覇者)가 될 것임을 확신했다.

소광륵은 관우를 직시했다. 관우가 허언을 한다는 느낌은 들지 않았다.

"네 말을 믿어보겠다."

그는 자리에서 천천히 몸을 일으켰다.

칠 척에 가까운 거구가 버티고 서자 주변이 꽉 채워지는 듯했다.

관우는 자신보다 머리 하나가 큰 그를 올려다보며 말했다.

"대신 조건이 있소."

"없을 리가 없겠지. 말해보거라."

"내게 지면 당신은 내 충복이 되어야 하오."

"충복?"

소광륵의 눈에 힘이 들어갔다.

관우의 말이 다소 의외였는지 그뿐만 아니고 다른 이들의 표정에도 변화가 있었다.

소광륵이 물었다.

"지금 충복이라 했느냐?"

"그렇소."

"너를 단주가 아닌 일신(一身)의 주인으로 섬기라는 뜻이렷다?"

"바로 그거요."

"……!"

순간,

<u>스스스스……!</u>

소광륵의 전신으로부터 폭발적인 기세가 일었다.

이에 모두가 반응하며 그에게서 떨어졌으나 관우는 미동조차 없이 다시 입술을 벌렸다.

"내가 말한 조건이 부담스럽다면 그만둬도 좋소."

도발.

관우는 노골적으로 소광륵의 자존심을 건드리는 말을 내뱉고 있었다.

소광륵이 분노를 표출하는 까닭을 혹여라도 자신에게 패할까 봐 걱정하는 것으로 치부하고 있는 것이다.

"싸움 중 너를 죽여도 상관없다면 그 조건을 받아들이마."

낮게 가라앉은 음성.

소광륵의 두 눈은 광채를 쏟고 있었다.

그런데 그 광채가 너무도 기괴했다. 왼쪽에선 금빛이, 오른쪽에선 핏빛이 일렁이고 있었다.

'저것이 천뢰혈공…….'

무계심결을 운용한 관우는 대정기를 끌어올리며 말했다.

"수락한 것으로 알겠소."

스릉!

관우는 검을 뽑아 든 채 소광륵과 대치했다.

소광특 앞에서 검을 뽑아 든 관우의 모습은 흡사 어른 앞에 선 소년 같았다.

우릉!

지축을 울리는 굉음(轟音)이 터져 나왔다.

그것을 신호로 소광특의 신형이 움직였다.

소광특은 관우의 가슴을 향해 찍어 내리듯 일장을 내뻗었다.

천뢰혈공의 정수 중 하나인 뇌벽수(雷壁手)였다.

파앙!

방금 전까지 관우가 서 있던 자리가 움푹 파였다.

재빨리 몸을 옆으로 뺀 관우는 그 즉시 검을 세워 소광특의 허리를 노렸다.

재빨리 돌아간 일검에 소광특의 옆구리가 베였다 싶은 순간, 그의 신형이 흐릿해졌다. 순식간에 관우의 옆으로 돌아간 그가 다시 뇌벽수를 연달아 펼쳤다.

우르릉……!

커다란 우렛소리가 쉬지 않고 터져 나왔다.

금광과 혈광을 번뜩이며 굉음과 함께 관우를 압박하는 소광특의 모습은 그야말로 사신을 방불케 했다.

관우는 소광특의 엄청난 공격 속도에 내심 감탄하지 않을 수 없었다.

게다가 마공이라 불리는 것을 처음 상대해 보는 관우로선 뇌벽수가 펼쳐질 때마다 발출되는 사이한 마기(魔氣)에 적지 않게 신경이 쓰였다.

마기는 집중력은 물론이고, 진기마저 흩어놓는다.

'마공의 위력이란 이런 것인가?'

분명 일반적인 무공과는 다르다는 것을 경험으로 알게 된 관우였다.

관우는 뇌벽수를 피해내며 반격을 준비했다.

한데 그때였다.

'……?!'

우렛소리가 잦아들더니 갑자기 눈앞에서 핏빛이 번쩍였다.

"으음!"

목덜미를 스치는 통증에 관우는 나직이 신음을 흘렸다.

그러나 그까짓 통증에 정신이 팔릴 여유는 없었다. 혈광은 계속해서 눈앞을 어지럽히고 있었다.

'손가락?'

관우는 혈광 속에서 움직이는 소광특의 손가락을 보았다.

소광특은 검지와 중지를 편 채 양손을 교차로 내뻗고 있었다.

손끝에 맺힌 붉은 점이 관우의 전신에 박혀든다.

마치 하늘에서 핏빛 번개가 치는 듯.

혈뢰편(血雷鞭)이 내려쳐지고 있었다.

따당! 탕! 탕! 탕……!

찢어질 듯한 금속성과 둔탁한 소음이 쉴 새 없이 터져 나왔다.

혈광과 백광이 난무하는 가운데 흘러나온 건 누군가의 신음이었다.

"크윽!"

소음도 멎고 광채도 사라졌다.

한바탕 폭풍이 휩쓸고 간 듯, 사방은 난장판이 따로 없었다.

척.

관우는 검을 검집에 돌려 넣었다.

의복 여기저기가 해졌지만, 처음에 당했던 목덜미의 상처를 빼곤 관우는 멀쩡했다.

"더 하겠소?"

"……"

관우의 물음에 소광특은 대답치 않았다.

그는 관우와 삼 장 정도의 거리를 두고 서 있었다.

그의 두 눈의 금광과 혈광은 그대로였고, 그의 기세도 그대로였다.

하지만 그의 표정은 처음과 사뭇 달라져 있었다.

경악에 찬 표정이 그의 심정을 말해줬다.

뇌벽수가 통하지 않았다.

그래서 혈뢰편을 펼쳤다. 혈뢰편은 뇌벽수와는 차원이 다른 것이었다.

혈뢰편은 단순한 빛줄기가 아니라 강기였다.

손가락으로 펼치는 강기.

관우가 펼친 검강과 부딪쳐 금속성이 터져 나왔던 까닭이 바로 거기에 있었다.

그런데 혈뢰편 역시 막혔다.

막힌 것도 모자라 오히려 역공을 당하고야 말았다.

소광특은 당하고도 믿을 수가 없었다.

슬쩍 자신의 몸을 내려다보았다.

가슴에 그어진 긴 상흔이 보였다. 피가 흥건한 그 상처는 방금 전 관우의 검에 베인 것이다.

'조금만 더 깊게 베였다면……'

소광특은 다음에 이어질 단어를 차마 떠올리지 못했다.

그것은 전혀 생각지도 못한, 생각해서도 안 될 결과를 자인하는 것이나 마찬가지였기 때문이다.

부인하고 싶지만 그는 알았다.

마지막 순간 관우가 검을 거두었다는 것을.

물론 그는 아직 더 싸울 수 있었다. 또한 이제까지 보여준 것은 그의 전력이 아니었다.

하지만 그럼에도 그는 이제 자신할 수 없었다.

관우의 여전한 저 담담한 모습이 그의 뇌리에 새삼 각인되는 순간이었다.

"다시 묻겠소. 더 싸우겠소?"

"……."

"더 싸우고자 한다면 자리를 옮기겠소. 그곳에서 내가 당신을 충복으로 둘 만한 자격이 있음을 증명해 보일 것이오."

관우의 전신으로 위엄이 서렸다.

소광륵은 물론이고, 위탕복과 다른 삼 인의 눈에도 이 순간 그것이 보였다.

"패배를 인정한다."

소광륵의 입에서 나직한 한마디가 흘러나왔다.

그가 내뿜던 모든 기운은 삽시간에 사라졌다.

"패마는 충복으로서의 예를 보이라."

관우는 소광륵을 향해 즉각 명을 내렸다.

"소광륵, 주군께 예를 갖춥니다."

소광륵은 주저없이 관우 앞에 무릎을 꿇었다.

거목이 쓰러지는 순간이었다.

그 모습을 보며 위탕복은 양 볼을 실룩거렸다.

'독수리가 날았군!'

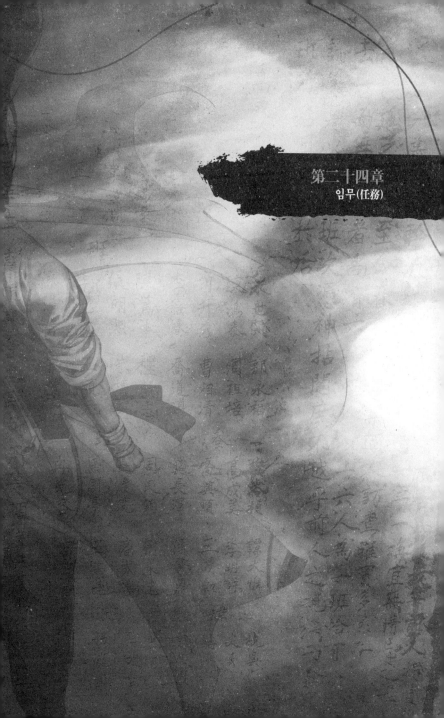

第二十四章
임무(任務)

風神遺事

'어천성이 셋으로 갈라졌다!'

이 소식은 어천성의 그늘 속에서 새롭게 자릴 잡아가던 강호에 또다시 커다란 파장을 낳았다.

구대문파와 삼대세가가 겉으로 잠잠한 가운데, 중소 방파들은 우왕좌왕하며 그들의 눈치 보기에 급급했다.

그리고 그에 이어진 소림의 파격 선언!

'본 파는 광령문을 도와 강호의 정의를 다시 세우고자 한다!'

끝내 굴복하지 않고 어천성에 대적하던 소림이었다.

그런 소림이 광령문을 따른다고 나섰을 때 쉽게 믿는 이가 드물었다.

그러나 각 대문파에 전달된 서신과 각지에 뿌려진 선언문이 눈앞에 보이자 강호는 더욱 들끓기 시작했다.

어찌해야 하는가?

누구를 따라야 하는가?

선택의 기로에 선 와중에 구대문파와 삼대세가에 속한 문파들이 하나둘 소림의 뜻에 동조하고 나섰다.

그러자 각 대문파의 눈치를 보던 중소 방파들은 기다렸다는 듯이 광령문에 머리를 조아렸다.

이젠 광령문의 근거지가 된 옛 어천성엔 각지의 문파를 대표한 자들이 밀물처럼 몰려들었다.

그렇게 강호 전체는 광령문을 중심으로 뭉쳐지는 듯했다.

그러나 누구도 예상치 못한 반전은 바로 그때 터져 나왔다.

반전의 주인공은 다름 아닌 무당파.

무당은 돌연 수령문을 지지하고 나섰다.

소림과 줄곧 뜻을 같이하는 듯하던 무당의 독자 행보에 강호는 촉각을 곤두세우지 않을 수 없었다.

강호의 양대 지주(支柱)라 할 수 있는 소림과 무당의 갈림.

그것은 새로운 분열을 야기했다.

청성과 아미, 공동과 종남이 무당을 좇아 수령문의 세력에 가세했다.

뒤이어 나머지 구대문파 중 점창과 형산파가 뜻밖에도 지령문을 지지하고 나섰다.

애초부터 광령문을 따르기로 작정한 소림과 화산, 남궁세가와 황보세가를 또 다른 한 축으로, 그렇게 강호는 삼분되었다.

아무도 예측하지 못한 소리없는 비극에 모두가 놀랐고, 그것은 이 모든 일의 근원인 세 문파도 마찬가지였다.

"소림이 빤히 보이는 수작을 부렸어."

"하지만 예상치 못한 수임은 분명하지요."

"전혀 신경을 쓰지 않았다고 하는 것이 정확하지 않을까?"

진무영과 장청원은 언제나처럼 대화를 나누고 있었다.

"그보다는 무당이 의외야. 소림의 뒤통수를 치다니. 모르긴해도 지금쯤 소림은 멍한 상태가 아닐까?"

진무영의 입가에 미소가 번졌다.

"좌우간 무당이 수령문에 붙음으로 인해 쓸데없는 염려를덜게 되었으니, 무당에 고맙다는 말이라도 전해야 하겠군."

"강호가 분열된 것은 다행이지만, 그렇다고 의문이 모두 풀린 것은 아닙니다."

장청원의 말에 진무영이 물었다.

"소림이 본 문을 지지하고 나선 이유 말이야?"

"그렇습니다."

"장 숙이 보기에는 어때? 뭔가 다른 꿍꿍이가 있을까?"

"있더라도 지금으로선 알 방도가 없습니다."

"그렇다면 일단은 본 문을 지지한 소림의 호의를 고맙게 받아들이는 수밖에는 없겠군?"

"이쨌거나 소림이 본 문을 따른 것은 뜻밖의 수확임엔 틀림없지요."

동의한다는 듯 고개를 끄덕이던 진무영은 시선을 돌려 자신의 좌측에 앉은 청년을 향해 입을 열었다.

"들어서 알겠지만, 앞으로 군무단주의 활약이 크게 필요할 듯해."

"맡기시는 일에 최선을 다할 뿐입니다."

대답하는 관우를 바라보는 진무영의 두 눈이 반짝였다.

실로 오랜만에 대면하는 두 사람.

자신의 방에서 일과를 시작하려던 관우는 진무영의 부름을 받고 이곳으로 왔다.

이야기는 역시 강호의 정세에 관한 이야기였다.

사실 관우에게 있어선 그다지 유쾌하지 않은 소식들이었다.

본래 의도했던 대로 일이 이루어지지 않았기 때문이다.

강호 전체가 한 곳에 속하여 서로 칼을 겨누는 일이 없길 바랐었다.

그래서 은밀히 소림을 찾아갔던 것인데, 수령문과 무당이 그것을 망쳐 놨다.

이제는 관우로서도 딱히 방도가 없었다.

수령문이나 지령문과의 싸움이 벌어질 때 강호의 방파들이 그들 중에 섞여 있다면 별수없이 그들을 향해 손을 쓸 수밖에 없으리라.

계획은 자신이 할지라도 하늘이 돕지 않으면 소용이 없다.

이번에도 그랬다.

하여 관우는 깊게 생각하지 않았다. 이미 자신의 할 바에만 충실하기로 마음을 굳힌 상태였다.

자신의 사명, 세 문파를 제압하는 것.

관우가 새삼 자신의 마음을 돌아보고 있을 때, 진무영의 음성이 다시 들려왔다.

"단 한 방에 군무단의 노땅들을 제압했다지?"

"단주로서 당연히 해야 할 일이었습니다."

"그 당연한 일을 누구나 잘하는 건 아니지. 그래서 그런지 더욱 기대가 되는군."

잠자코 있는 관우를 의미심장한 눈빛으로 바라보던 진무영이 문득 물었다.

"수령문과 지령문, 둘 중 어느 쪽을 먼저 치는 것이 좋다고 생각하지?"

"단순히 제 생각을 묻는 것입니까?"

"뭐, 일단은."

관우는 잠시 생각하고는 말했다.

"굳이 이쪽에서 먼저 칠 필요가 있을까 싶군요."

진무영의 두 눈에 호기심이 일었다.

"이유는?"

"세 문파가 가진 힘의 차이가 현저하지 않는 이상, 먼저 싸우는 두 곳이 손해를 보리란 것은 자명한 일입니다."

"그 말은 곧, 군무단주가 보기엔 세 문파의 힘이 비등비등하다는 뜻이군?"

"그렇지 않다면 세 곳 모두 서로 대놓고 척을 지진 않았겠지요."

"으음… 그러면 수령문과 지령문이 먼저 싸울 때까지 기다리라는 말인가? 그러다가 우리가 먼저 공격을 당하면 어쩌지?"

"물론 마냥 기다려서는 안 되겠지요."

"그럼?"

"둘을 먼저 싸우도록 만들면 될 것입니다."

"어떻게?"

"……"

관우는 대답 대신 진무영을 바라봤다.

역시 관우를 바라보고 있는 진무영의 얼굴엔 미소가 가득했다.

"방법을 말씀드리면 그대로 실행하실 의향이 있으십니까?"

"아니, 전혀."

진무영은 여전히 미소를 그리고 있었다.

"난 본 문이 저들보다 훨씬 강하다고 믿거든."

"그렇다면 제 판단이 틀렸겠군요."

관우는 살짝 고개를 숙이며 담담하게 말했다.

이에 진무영이 한쪽 눈썹을 치켜올렸다.

"내 질문에 더 이상 답하기 싫다는 뜻으로 들리는데?"

"수령문과 지령문에 대하여는 저보다 소문주께서 더욱 소상히 알고 계실 겁니다. 소문주께서 그리 믿고 계시다면 저 또한 그렇게 알고 있어야겠지요."

"결국 그 방도가 무엇인지는 말하지 않겠다는 거군?"

"이미 가치가 없는 것들입니다."

"후후, 좋아. 군무단주 고집이야 이미 알고 있던 것이니까. 굳이 그 고집을 꺾고 싶은 마음이 없으니, 이쯤에서 그만 묻기로 하지. 그런데 말이야……."

"……?"

"도무지 미소를 볼 수가 없군? 처음 만났을 때 내게 보였던 그 미소 말이야."

진무영은 짐짓 매우 불만스런 표정을 지어 보였다.

"한 번 보여줬으면 하는데… 군무단주의 미소."

"……."

관우는 진무영을 가만히 응시했다.

무슨 생각으로 이런 요구를 하는 것인지 도무지 속을 알 수가 없었다.

"죄송합니다."

"그럴 줄 알았지."

관우의 거절에도 진무영은 태연했다.

"한데 뭐가 죄송하다는 걸까? 내 부탁을 들어주지 못해서? 아니면 내게 미소를 보여주지 못해서?"

"……."

잠시 말을 끊었던 진무영이 물었다.

"사제들과 약혼녀가 와 있다고 들었어."

"그렇습니다."

"그들 앞에서 보일 군무단주의 표정을 보고 싶군."

"조만간 함께 찾아뵙고 인사를 올리도록 하겠습니다."

"그들 모두 군무단에 배속시킬 건가?"

"그럴 생각입니다."

"당가의 여식도?"

"어차피 각 문파에서 군무단에 배속시킬 인원을 차출할 예정이니 그에 따라 처리하려 합니다."

진무영은 고개를 갸웃거렸다.

"그건 좀 문제가 있겠는걸?"

"……?"

관우는 무슨 뜻이냐는 듯 그를 쳐다봤다.

"주요 문파 중 지금까지 본 문을 지지하고 나선 곳은 소림과 화산, 남궁세가와 황보세가뿐이거든."

"당가 역시 광령문을 지지한 것으로 알고 있습니다만?"

"소문으로는 물론 그랬지. 하지만 정식으론 아니야. 아직 당가주의 전갈을 받은 적이 없거든. 다른 곳에서는 모두 정식으로 통보를 해왔는데 말이야."

관우는 잠시 생각을 정리했다.

모르던 사실이었다.

당가에서 어천성에 반기를 들었던 것은 사실이나 그것은 어디까지나 어천성일 때 이야기였다.

조치성에게서 당가주 당인효와 맺은 약조에 관하여도 듣긴 했지만, 상황이 바뀌었으니 당가에서도 다른 판단을 내릴 것이라 생각했다.

그리고 당가에서 소림을 좇아 광령문을 지지한다는 소식을 들었고, 모두가 다행이라 여기고 있었다.

그런 줄로만 알고 있었는데 진무영을 통해 뜻밖의 말을 듣게 된 것이다.

"당연한 말이지만 당가의 심중이 확실치 않은 상황에서 당가주의 여식을 군무단원에 배속시킬 수는 없겠지? 군무단주 입장에선 정혼자라 안타깝겠지만."

관우는 그에 관해 달리 할 말이 없었다. 진무영의 말대로 그것은 당연했다.

"그래서 말인데 군무단주가 직접 당가에 다녀와 주어야겠어."

"……?"

갑작스런 말에 관우는 상념에서 벗어났다.

"가서 우리를 따르겠다는 당가주의 확언을 가져와."

관우는 즉각 대답하지 못했다. 대신 진무영의 말이 계속 이어졌다.

"만일 군무단주가 확언을 가져오지 못하면 그땐 내가 직접 손을 쓸 수밖에 없겠지."

진무영의 얼굴에 떠오른 표정을 슬쩍 확인한 관우는 더욱 굳게 입을 다물었다.

그는 그 어느 때보다 매혹적인 미소를 얼굴 가득 머금고 있었다.

그러나 관우가 그 미소 속에서 발견한 것은 광기(狂氣)였다.

언제라도 폭발할 준비가 된 광기.

"독 때문이군요."

위탕복이 불쑥 끼어들며 말했다.

"독을 다른 곳에 빼앗기면 광령문으로선 골치 아플 수밖에 없지요."

그는 자신을 바라보는 좌중을 향해 커다란 눈을 끔뻑거리며 말을 이었다.

"당가의 독은 가히 천하제일의 살상력을 가졌다고 해도 무방합니다. 그런 당가가 지금껏 세가라 칭송받아 온 것은 참으로 재미있는 일이 아닐 수 없지요."

그의 말에 당하연의 얼굴이 살짝 굳었다.

"당신… 지금 나 들으라고 한 소리지?"

위탕복은 양 볼을 실룩거렸다.

"오해 마시길. 그만큼 당가가 그동안 독에 대한 관리를 철저히 해왔다는 뜻이니."

"……"

당하연은 더 이상 물고 늘어지진 않았지만 위탕복을 향해 한차례 눈을 흘기는 것은 잊지 않았다.

그녀는 탁자의 가장 상석에 앉은 관우를 향해 말했다.

"내가 오라버니를 따라가겠어. 내가 가서 숙부를 설득하는 게 나을 거야."

관우는 슬쩍 눈짓으로 그녀를 제지한 후 위탕복에게 입을 열었다.

"위 참모, 할 말이 있으면 계속 하도록 해."

관우는 위탕복을 군무단의 모사로 삼았다.

그의 말대로 정말 신산귀예의 달인인지 아닌지는 아직 알 수 없지만, 그가 뛰어난 지모를 가진 것만은 분명했기 때문이다.

또한 그에겐 누구도 가지지 못한 몽예력이 있었다. 관우는 그것만으로도 위탕복이 참모가 될 자격이 충분하다 여겼다.

위탕복은 관우가 그렇게 나올 줄 알았다는 듯 즉각 입을 열었다.

"어젯밤 꿈을 하나 꾸었지요."

"또 그놈의 꿈타령!"

우렁찬 음성이 탁자 끝에서 터져 나왔다.

두상이 마치 단단한 바위를 연상시키는 중년 거한이 못마땅한 표정으로 투덜거리고 있었다.

그는 포랍(包拉)이란 인물로, 위탕복과는 동년배였다.

철탑대부(鐵塔大斧)라는 별호가 알려주듯 그는 소광특 못지 않은 거구였다. 부법으로 일가를 이룬 그는 강호 역사상

부강(斧鉞)을 실현한 몇 안 되는 인물 중 하나였다.

뛰어난 무위에도 불구하고 태생이 우직한 포랍은 복잡한 강호 생활에 별 미련이 없었다.

얼마 전까지 그는 관에서 실시하는 여러 사업에 필요한 목재와 석재를 대는 일에 종사했었다.

산동 지역의 산야를 전전하며 무던히 일을 하던 그에게 광령문의 원사가 찾아간 것은 그로선 매우 뜻밖의 일이었을 터였다.

복잡한 걸 싫어하고, 말 많은 것은 더더욱 싫어하는 그에게 위탕복의 언행은 언제나 불만일 수밖에 없었다.

특히 위탕복이 꿈 이야기를 할 때면 귀를 틀어막고 싶을 정도였다.

위탕복의 말이 끊기고 모두가 포랍을 쳐다보자 그 옆에 앉아 있던 소광륵이 두 눈을 부릅떴다.

"또 한 번 주둥아릴 놀리면 그 입을 뭉개놓겠다."

섬뜩한 발언.

그러나 포랍은 전혀 위축되지 않았다. 다만 소광륵의 말대로 더 이상 입은 열지 않았다. 소광륵은 그가 군무단에서 유일하게 인정하고 따르는 자였기 때문이다.

소광륵의 활약(?)으로 말할 분위기가 잡히자 위탕복은 다시 처음부터 차근차근 이야기하기 시작했다.

"어젯밤 꿈을 하나 꾸었지요."

"으음!"

이를 악물며 꾹 참고 있는 포랍의 신음 소리가 들렸지만 위탕복은 가볍게 무시하며 말을 이었다.

"꽃이 있더군요. 태양이 밝게 비추는 날, 꽃에 나비가 날아들었습니다. 나비는 꽃에 한 번 앉더니만 날아갈 줄을 몰랐습니다. 그런데 그 곁에 다른 꽃이 서서히 피어났습니다. 그 꽃은 먼젓번 꽃보다 오히려 더 화려하고 아름다웠습니다. 하지만 나비는 여전히 먼젓번 꽃에만 머무르고 그 꽃을 향해서는 날갯짓조차 하지 않더군요."

그의 이야기는 거기서 끝을 맺었다.

"해석을 해보게."

관우의 말에 모두의 시선이 다시 한 번 그에게 집중되었다.

"아직 해석을 하지 못했습니다."

순간 모두의 얼굴에서 탁하고 맥이 풀리는 듯한 표정이 떠올랐다.

"사기꾼! 지어낼 시간이 없었나 보구나!"

기다렸다는 듯이 포랍이 일갈했다.

소광륵의 주먹이 허공에 들려진 그때에 관우의 음성이 흘러나왔다.

"이유는?"

"너무 추상적입니다. 이런 꿈은 간혹 꾸긴 합니다만, 그때마다 해석에 애를 먹었습니다."

"꽃과 나비는 남자와 여자가 아닐까요?"

가느다란 목소리.

여인 특유의 비음이 진하게 느껴지는 음성이 위탕복의 옆자리에서 들려왔다.

거기엔 음성만큼이나 농염한 자태를 지닌 여인이 앉아 있었다. 삼십대로 보이는 그녀는 화려한 궁장을 입고 있었다.

곱게 틀어 올린 머리가 볼수록 매력적이다.

짙은 아미에 촉촉한 눈망울, 적당히 바른 지분이 그녀의 미모를 더욱 돋보이게 했다.

요지희(妖智戲) 모용란.

달리 요희라고도 불리는 그녀는 모든 멸시받는 자들의 주인이었다. 십만 하오문도의 당금 수장이 바로 그녀인 것이다.

그녀는 백여 년 전 몰락한 모용세가의 후손으로, 어린 나이에 전대 하오문주의 눈에 띄어 후계로 길러져 왔다.

모용란의 얼굴을 바라보며 한차례 침을 꼴깍 삼킨 위탕복이 입을 열었다.

"그거야 당연한 말씀."

이에 모용란은 위탕복을 향해 살짝 눈웃음을 치며 말했다.

"그렇다면 위 참모의 꿈을 그대로 보자면, 한 사내와 한 여인이 사랑에 빠졌는데, 그 곁에 또 다른 여인이 있다는 뜻이 되지 않을까 싶군요?"

"과연 요희! 훌륭하오."

위탕복은 커다란 눈을 빙빙 굴리며 탄성을 터뜨렸다.

"호호호, 그 정도야 여기 계신 누구라도 추측할 수 있을 거예요."

모용란이 입을 가리며 곱게 웃자 그것을 본 포랍의 얼굴이 험상궂게 변했다.

하지만 그는 옆에 있는 소광륵의 서슬 때문에 터져 나오려는 말을 꾹꾹 누를 수밖에 없었다.

"한데 왜 위 참모는 해석을 하지 못했다고 말한 건가요?"

모용란이 다시 묻자 위탕복은 눈을 끔뻑거리며 답했다.

"그것 역시 지극히 추상적인 해석이기 때문이오. 꽃이 여인이고 나비가 사내라는 것만으로는 아무 의미가 없소. 중요한 것은 그 여인들이 누구며, 사내가 누구냐는 거요."

"그것을 모르겠다는 뜻이군요."

"그렇소. 나는 짐작이 가질 않소. 물론 오늘 나와 함께 있는 내 주변 인물들에 관한 일이라고 한다면 몇 명으로 압축이 되긴 하지만 말이오."

"주변 인물이라면… 나비와 그 나비가 날아든 꽃은 역시 단주님과 여기 있는 당가의 아이겠군요?"

넌지시 묻는 모용란.

하지만 위탕복은 대답을 회피했다.

"나는 확실치 않은 것은 말하지 않소."

모용란의 눈이 반짝였다.

"한 가지만 더 묻겠어요. 위 참모가 꾼 꿈은 그게 전부인가요?"

위탕복의 볼 살이 잘게 떨렸다.

"요희는 나를 당황케 하는군. 내가 꾼 꿈은 그게 전부가 아니오."

"······?"

모두가 의아한 시선으로 위탕복을 쳐다봤다.

관우 역시 그를 바라보며 입을 떼었다.

"나머지를 이야기해 봐."

"여기서는 말씀드릴 수 없습니다."

위탕복의 심중을 헤아린 관우는 곧 모두를 향해 말했다.

"위 참모만 남고 모두 나가도록."

관우의 지시가 떨어지자 각자는 위탕복을 향해 못마땅한 눈빛과 의문스런 시선을 던지며 하나둘 방을 빠져나갔다.

모두가 사라지자 위탕복이 먼저 입을 열었다.

"단주께 한 가지 청이 있습니다."

"무엇이지?"

"앞으로는 제 꿈 이야기는 저와 단둘이 계실 때 들려 드렸으면 합니다."

"그렇게 하지."

"그럼 말씀드리겠습니다. 어제 제가 꾼 꿈은 분명 하루에 그칠 꿈이 아닙니다. 즉, 계속 이어질 거란 뜻이지요."

"그걸 어떻게 알 수 있지?"

"꿈이 중간에 끊겼기 때문입니다. 보통은 꿈속에서 모든 내용이 끝난 후 잠에서 깨곤 하는데… 좌우간 이렇게 중간에 깬 경우엔 언제고 그 꿈에 이어진 꿈을 꾸게 됩니다."

"언제 다시 꿈을 꾸게 되는 것이지?"

"정해진 것이 아니라 그건 저도 알 수 없습니다."

"으음……."

관우는 위탕복을 보며 잠시 생각에 잠겼다.

위탕복의 말을 불신하진 않는다. 하지만 전적으로 신뢰하지도 않는다.

지난번 소광록과 일전을 치른 결과가 위탕복의 몽예력과 일치한 것을 확인했기에 경청할 만하다고 생각하는 정도였다.

군무단원 중에는 아직도 허무맹랑하게 치부하는 자들이 많았지만, 스스로 풍령을 지닌 몸으로서 위탕복의 능력을 과소평가하진 않았다.

그러나 지금은 결정을 내려야 했다.

위탕복의 말을 믿을 것인가, 믿지 않을 것인가?

위탕복의 말을 믿으면 그의 몽예력에 따라 행동을 결정해야 한다. 즉, 잘못되고 위험한 일이나 방도를 피한다는 뜻이다.

반면 그의 말을 믿지 않는다면 아예 여기서 그치는 것이 좋았다.

잠시 고민 끝에 관우는 결정을 내렸다.

"꿈 이야기는 일단 접어두도록 하지."

위탕복은 전혀 섭섭한 기색을 보이지 않았다. 대신 그는 뜻밖의 말을 내뱉었다.

"단주께서 저와 단원들에게 무언가를 숨기고 계시다는 걸 압니다."

"……?"

"단주께선 광령문에 머물러 계실 분이 아닙니다. 이곳 소문주의 수하로 계실 분은 더더욱 아니지요."

관우는 두 눈에 이채를 띠고 그를 쳐다봤다. 관우와 눈이 마주친 위탕복은 예의 그 풍만한 볼을 실룩거렸다.

"저 역시 제 꿈을 모두 남들에게 이야기하진 않습니다."

그 말에 관우의 표정이 굳었다.

위탕복은 분명 자신에 대해 뭔가를 알고 있다.

누가 이야기해 주지 않는 한 결코 알 수 없는 것을 어떻게 알았을까?

답은 하나밖에 없었다. 꿈을 통해 안 것이다.

위탕복은 지금 자신을 믿지 않는 관우에게 조용히 시위를 하고 있었다.

적지 않게 놀란 관우지만, 기분은 유쾌하지 않았다.

아직은 위탕복을 비롯한 군무단원은 자신에 관하여 알아선 안 된다.

위탕복이 과연 어디까지 알고 있는지는 모르지만, 최악의 경우 그의 입을 막을 수밖에 없으리라.

거기까지 생각이 이를 때쯤, 위탕복이 다시 입을 열었다.

"놀래켜 드릴 생각은 전혀 없습니다. 단주님이 무언가를 숨기고 계시다는 걸 아는 만큼, 그것을 발설치 말아야 한다는 것역시 잘 알고 있지요."

위탕복은 과연 영리한 자였다.

관우는 새삼 그것을 느끼며 본래 하려던 말 대신 다른 것을 물었다.

"위험하다는 것을 알면서도 내게 붙어 있는 이유는?"

"그야 단주님을 처음 만나기 전날 꾸었던 꿈 때문이지요. 평생에 다시 꿀 수 없는 꿈. 들뜬 기분에 이 비곗덩어리가 하늘을 날았었지요."

자신보다 나이가 훨씬 많은 자다.

그런데 지금 위탕복의 얼굴에 떠오른 것은 어린아이와 같은 희열이었다.

관우는 물었다.

"위 참모, 생각해 둔 계획을 말해봐."

위탕복은 가볍게 고개를 숙인 후 말했다.

진정한 참모로서 내뱉는 첫마디였다.

"군무단원 전원을 데리고 가겠다 말하십시오. 모르긴 해도 소문주는 단순히 당가로만 보내려 하진 않을 겁니다."

"다른 일을 지시할 거란 뜻인가?"

"그렇습니다. 더불어 광령문의 원사들도 함께 동행시키겠지요."

"당가가 거절할 경우 그들을 치기 위해서?"

"물론 그 이유도 있을 겁니다. 하지만 소문주는 이 기회에 수령문과 지령문 중 한 곳을 칠 가능성이 큽니다. 직접 그들을 치진 않더라도 그들을 따르는 강호 문파들을 치겠지요."

관우는 고개를 끄덕였다. 충분히 가능한 일이었다.

이미 진무영은 자신에게 둘 중 어느 곳을 먼저 치는 것이 좋겠느냐고 묻지 않았던가?

"하면 군무단원 모두를 데리고 가야 하는 까닭은 무엇이지?"

"저를 포함한 단원 다섯은 꽤나 쓸모가 많은 자들입니다. 그것은 단주께서도 인정하셨으리라 믿습니다. 겉으론 광령문에 매인 몸이긴 하나, 그들 역시 단주님처럼 마음으로 광령문을 따르고 있진 않고 있지요. 아직까진 말입니다."

"무슨 뜻인가?"

"때가 되면 그들도 싸움에 투입될 겁니다. 그러다 보면 그들에게도 자연스럽게 광령문에 대한 소속감이란 것이 생길 겁니다. '적'이 뚜렷해질수록 '나'도 확실해지는 법이니까요."

"그러니 그전에 그들의 마음을 잡아두라는 것이로군."

"교감은 함께 무언가를 할 때 생기는 법이지요. 그것이 목숨을 건 싸움이라면 더욱 그럴 겁니다."

관우는 즉각 지시를 내렸다.

"나머지 단원들은 참모가 알아서 준비시키도록 해."

"알겠습니다."

"아까 하던 꿈 이야기 말인데……."

"……?"

"계속할 의향이 있는가?"

위탕복은 웃었다.

"이미 말씀드린 대로 확실치 않은 것은 발설치 않습니다. 해석이 확실해지면 그때 말씀드리지요."

"기대하지."

"저도 한 가지만 여쭤봐도 되겠습니까?"

"……?"

"단주께서 품고 계신 비밀은 어디까지입니까? 광령문입니까? 아니면 수령문과 지령문까지입니까? 그것도 아니면 강호 전체……."

"세상이네."

"……!"

위탕복의 큰 눈이 더욱 커졌다.

크게 심호흡을 한 그는 실로 오랜만에 소리 내어 웃기 시작했다.

"하하… 하하하하!"

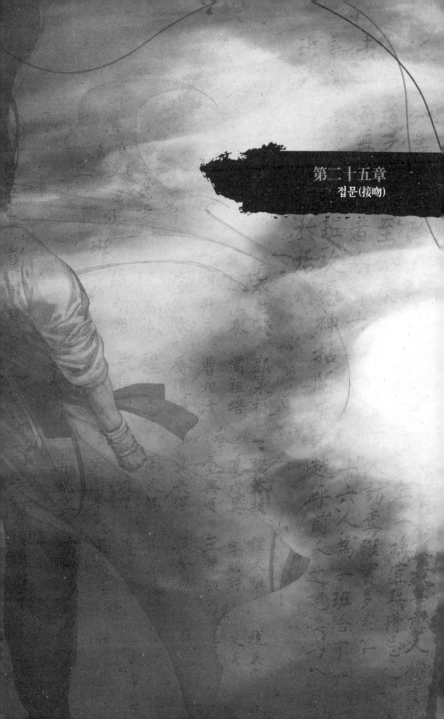

第二十五章
접문(接吻)

風神遺事

야심한 시각.

한 노인이 조치성 등이 모여 있는 곳을 은밀히 찾았다.

불빛 아래 모습을 드러낸 노인의 모습은 지난번 관우와 소광륵이 싸울 때 공터에 앉아 있던 나머지 군무단원 중 일인의 모습이었다.

신의(神醫) 지백천(池百闡).

세인들은 노인을 그렇게 불렀다.

그는 뛰어난 떠돌이 의원이었다. 주로 가난한 병자들을 돌봐주되 대가를 바라지 않았다. 그저 침식 정도 신세를 지는 것이 고작이었다.

그처럼 사람들로부터 칭송이 자자한 그였으나 강호에선 그

렁지 않았다.

불같은 성정으로 불의를 두고 보지 못했다.

손속 또한 독하여 한 번 작정하면 사정을 봐주는 법이 없었다.

그래서 강호인들은 그의 신의라는 별호 앞에 날수(辣手)라는 말을 덧붙여 주었다.

날수신의 지백천.

아무튼 그가 이런 시각에 조치성 등을 찾은 것은 매우 의외였다.

하지만 그를 맞은 세 사람의 얼굴에선 전혀 놀란 표정을 찾아볼 수 없었다.

"사장로님, 오셨습니까?"

지백천을 보자마자 세 사람은 동시에 자리에서 일어서며 읍하였다.

"모두 앉거라."

그들의 모습은 마치 오랫동안 알고 지낸 사이처럼 자연스러웠다.

조치성 등이 장로라 부르는 자.

그는 다름 아닌 천문의 장로였다.

천문의 네 명의 장로 중 네 번째가 바로 그였던 것이다.

지백천은 오래전에 강호로 나왔다.

천문은 매 대마다 한 사람씩을 강호로 내보내 왔는데, 바로 그가 그러한 소명을 맡은 자였다.

그가 맡은 소명은 통의각을 통해 강호의 동태를 살피는 것과는 달랐다.

통의각을 통해서는 은밀히 살핀다면, 그는 강호에 자신을 드러낸 채 활동하며 보다 실질적인 정보를 취합하고 있었던 것이다. 물론 자신이 천문의 사람이란 것만 감추고 말이다.

날수신의로 활동하던 그는 강호가 어천성의 수중에 넘어가자 어천성의 동태를 살피고자 계획적으로 이곳에 오게 되었다.

강호의 인물들을 포섭하던 어천성은 명성과 실력을 두루 갖춘 그가 스스로 찾아오자 환영해 마지않았다.

"너희를 모이라 한 것은 이장로가 보낸 서신 때문이다."

"으음……."

지백천의 말에 조치성을 비롯한 세 사람의 표정이 살짝 굳었다. 지백천이 말한 서신의 내용이 무엇인지 아는 까닭이다. 그들도 이미 그와 같은 내용이 적힌 서신을 받은바 있었다.

"이장로는 내게 당분간 선인의 일에 적극적으로 개입하는 것을 자제하라 하였다."

"그게 정말입니까?"

조치성은 놀란 표정으로 물었다. 자신들이 받은 서신엔 그런 내용까진 없었던 것이다.

"당분간이라면, 문주님께서 확실한 결정을 내리시기 전까지를 말하는 것입니까?"

"그렇다. 그러니 그때까진 경동(輕動)하지 말아야 할 것이다."

"알겠습니다."

대답은 했지만 조치성은 심란했다.

일이 왜 이렇게 되어가는지 생각할수록 안타까웠다.

천문 내부에서는 처음부터 관우의 계획과 행동에 대하여 거부감을 느끼는 자들이 존재했다.

그렇게 된 이유는 강호인들과의 싸움에 있었다.

어떤 식으로든 강호와의 싸움은 천문으로선 기껍지 않은 일이었다. 왜냐면 천문의 존재 의의가 바로 강호의 유지와 수호에 있기 때문이다.

그런데 어천성이 갈라짐과 동시에 강호는 삼분되었고, 그런 와중에 관우는 광령문에 속하여 다른 곳과 일전을 불사하겠다는 뜻을 내세우고 있었으니…….

이것을 안 천문 내부에선 적지 않은 의견 대립이 일어났다. 관우의 행사에 거부감을 느끼던 자들이 결국 반대 의사를 드러낸 것이다.

그들이 내세운 주장은 하나였다.

그 어떤 이유로도 강호인들을 향해 칼을 겨눌 수는 없다는 것.

물론 그들의 주장은 곧바로 관철되진 못했다.

삼장로인 황벽이 나서서 관우의 뜻을 옹호했기 때문이다.

그렇게 지금 천문은 대립 속에서 고심하고 있었다. 계속해서 관우를 도울 것인지, 말 것인지.

모든 결정은 천문주에게 달려 있는 바, 그때까진 관우 앞에서 마음과 행동을 조심해야만 하는 상황이었다.

"그렇다면 내일 있을 출정은 어찌해야 하는 것입니까? 대사형, 아니, 선인께선 분명 저희에게도 함께 가자고 말씀하셨습니다."

양사동이 물었다. 그의 표정 역시 그리 밝지가 않았다.

"출정엔 나만 갈 것이니 너희는 이곳에 남아 있도록 해라. 선인께는 내가 직접 사정을 이야기할 것이다."

"하지만……."

"더는 말할 필요 없다. 너희는 지시에 따르면 되는 것이다."

지백천의 얼굴에 엄한 표정이 떠올랐다.

그러나 양사동도 쉽게 물러서지 않았다.

"사장로님께서 여러 형제님들께 말씀을 전해주시면 안 되겠습니까?"

"무엇을 말이냐?"

"작금의 강호 현실은 생각하는 것처럼 녹록치 않다고 말입니다. 광령문 등 세 문파에 대하여 가장 확실히 알고 있는 분은 선인입니다. 그런 선인께서 모든 것을 고려하여 지금과 같은 결정을 내렸다면 그것이 최선이 아니겠습니까? 강호가 저들에 의해 셋으로 갈라진 이 상황에서 본 문이 취할 수 있는 뾰족한 수 또한 없질 않습……!"

"그만!"

지백천은 양사동의 말을 끊으며 노호를 터뜨렸다.

"네가 지금 본 문의 형제들이 그 정도도 모른 채 쓸데없는 주장을 한다 말하는 것이냐? 그간 선인과 함께 다니며 쌓은 정리에 대하여는 내 상관치 않겠으나, 그 때문에 사문을 깎아내린다면 장로로서 용서치 않을 것이다! 이후로 다신 그런 말은 꺼내지도 말거라!"

그의 말에 양사동은 자신의 잘못을 인정하며 고개를 숙였다.

"죄송합니다. 제가 생각없이 말을 내뱉었습니다."

지백천의 노기가 약간 수그러들자 조치성이 입을 열었다.

"사장로님께서 말씀하신대로 저희에겐 그간 선인과 함께하며 나눈 정리가 있습니다. 안타까운 마음에 그런 것이니 너그럽게 용서해 주십시오."

이에 지백천은 잠시 침묵하고는 말했다.

"모든 것은 문주께서 결정하시면 확실해지게 될 것이다. 어떤 결정이 내려지든 지금과 같은 논의는 어차피 한 번은 거쳐야 할 것이었다. 그러니 그에 대하여는 너무 깊이 염려치 말거라. 지금부터 너희가 심혈을 기울여 해야 할 일은 따로 있으니 말이다."

"따로 해야 할 일이라면……?"

조치성은 의문스런 시선으로 그를 쳐다봤다.

"지금부터 너희들은 이것을 익혀야 한다."

지백천은 품속에서 얇은 서책을 꺼내 조치성에게 건넸다.

서책을 받아 든 조치성은 의아한 표정이 되었다.

"이것이 무엇입니까?"

"겉장에 써 있는 그대로다."

"무계심결… 심해(深解)?"

지백천은 가볍게 고개를 끄덕였다.

"무계심결을 보완한 것이다."

"……?"

조치성을 비롯한 세 사람은 동시에 놀란 표정이 되었다.

그들 한 사람씩을 일별한 지백천은 말을 이었다.

"삼 년 전, 전대 풍령문주가 다녀간 뒤로 문주께선 그때 들은 조언대로 무계심결 보완에 심혈을 기울이셨다."

"무계심결을 보완하다니요? 무계심결에 문제점이 있을 리가 없지 않습니까?"

양사동이 믿기지 않는다는 듯 물었다.

"네 말대로 본 문의 무계심결엔 문제가 없다. 하나 광령문 등 저들 세 문파를 상대하는 데 있어선 부족한 점이 있다. 전대 풍령문주는 그것이 무엇인지 확실히 알려주었고, 이에 문주께선 그것을 보완키 위해 애쓰신 것이다."

"부족한 그것이 무엇입니까?"

"영력이다. 태산을 허물 위력을 지닌 무공이라도 영력이 없으면 저들이 펼치는 술수 앞에서는 무용지물이다. 영력이 담겨 있지 않으면 저들을 해할 수도 없고, 저들의 술수를 막아낼 수도 없다. 쉽게 말해 무공을 익히지 않은 범인과 무공을 익힌 자와의 싸움처럼 된다는 말이다."

"하지만 과거 본 문이 풍령문을 도와 저들을 상대했을 때에는 그처럼 허무하게 당하지는 않았던 것으로 알고 있습니다."

앙실지였다.

잠자코 듣고 있던 그녀는 문득 의문이 들어 입을 연 것이다.

"그것은 당연하다. 본 문의 형제들은 이미 무계심결을 통해 영력을 지니고 있었기 때문이다. 물론 저들에 비하면 미약한 수준이었지만."

"그러니까 사장로님 말씀은 본래의 무계심결로도 일정 수준의 영력은 지닐 수 있으나 저들의 술법을 상대하기에는 부족하다는 뜻이군요."

양사동의 말에 지백천은 고개를 끄덕이며 말했다.

"심해를 읽어보면 알겠지만, 영력을 높이는 것은 일반적인 무공을 수련하는 것과는 다르다. 영력은 말 그대로 영의 힘. 단순한 심법 수련으로는 영력을 높일 수 없다. 전대 풍령문주의 조언이 없었다면, 심해는 만들어지지 못했을 것이다."

"음… 그렇다면 저희만 심해를 익히는 것은 아니겠군요."

조치성이 무언가를 짐작한 듯 말했다.

이에 지백천은 조치성의 짐작에 확신을 주었다.

"그렇다. 이미 본 문에 있는 형제들은 저들과의 싸움을 대비하여 모두 심해를 익히고 있다."

광령문 등과의 싸움에 대한 대비.

그것은 달리 말해 그들과의 싸움에 천문도 전면적으로 나설 것임을 의미했다.

관우를 계속해서 도울 것인지에 대한 논의가 어떻게 결론이 나든, 천문은 세 곳을 상대로 싸우기로 이미 작정한 것이다.

즉, 관우를 돕지 않게 되더라도 다른 방법을 통해 어떤 식으로든 광령문 등을 견제할 계획을 갖고 있다는 뜻이었다.

'하지만…….'

조치성은 마음이 편치 않았다.

지백천의 심기를 고려하여 직접적으로 말하진 않았지만, 그 역시 양사동과 같은 생각이었다.

저들을 가장 잘 파악할 수 있는 자는 관우이고, 저들을 상대할 방도 또한 관우가 가장 잘 알고 있을 것이다.

자신이 아는 관우는 그런 자였다.

사문을 깎아내리는 것이 아니다. 사문보다 관우를 더 신뢰하는 것도 아니다.

그저 자신이 지켜본 관우 자체만을 놓고 생각할 때 그렇다는 것이다.

하지만 자신들의 그러한 생각을 지백천을 포함한 천문의 다른 형제들에게 강요할 수는 없었다. 왜냐면 그들은 관우를 모르기 때문이다.

그들이 아는 것은 관우가 당대 풍령문주이며 약간의 문제를 지니고 있어서 자신들의 도움을 받아야만 한다는 사실뿐이었다.

바로 그것이 그를 답답하게 했다.

자신도 처음 관우를 만나고 얼마간은 그들처럼 생각했었기 때문이다. 관우의 진짜 능력을 보기 전까지 말이다.

그러나 관우의 진짜 능력을 보고 난 뒤로는 그러한 생각이 완전히 깨졌다.

사 리 밖의 기척을 감지해 내고, 있지도 않은 바람을 갑자기 불러내 불길을 조종하던 관우의 모습.

눈으로 확인한 것은 단 두 번뿐이었지만, 그것만으로도 조치성은 확실히 깨달을 수 있었다.

관우는 자신들과는 다르다는 것을.

한계를 벗어나는 능력이 관우에게 있다는 것을.

그것은 풀꽃이 결코 사람이 될 수 없듯, 자신들로서는 절대 흉내조차 낼 수 없는 능력이었던 것이다.

그런데…….

그런 관우조차도 저들과의 싸움을 일부러 피하고 있다. 자신의 정체를 숨겨가면서 말이다.

그것이 무엇을 뜻하는가는 굳이 깊이 생각해 보지 않아도 알 수 있다.

저들은 관우보다도 강하다.

관우는 그것을 알고 있다. 하지만 다른 이들은 그것을 모른다.

본래 가진 힘을 모두 발휘하는 관우라면 능히 저들을 제압하겠지만, 지금의 관우는 그렇지 못하다.

그렇기에 관우는 기다리는 것이다. 자신의 능력이 온전해질 때까지.

하지만 마냥 잠자코 기다릴 수 없는 이유는 당장 저들이 세상을 가만두지 않기 때문이다.

강호가 삼분된 것은 시작에 불과하다. 하여 관우는 그 속으로 뛰어들 수밖에 없었다. 그것이 하늘이 부여한 관우의 사명이기 때문이다.

관우 외엔 저들을 제압할 수 있는 자는 없다.

그런데 천문은 그것을 모른다. 아니, 머리로는 알되 마음으로는 인정하지 못하는 것일지도 모른다.

조치성은 자신들이 내일 관우를 따라 출정하지 않을 거란 말을 듣게 될 때 관우가 느낄 실망감을 생각하며 속으로 한숨을 내쉬었다.

부디 위의 결정이 자신이 원하는 쪽으로 나기를.

그렇게 기대하는 것만이 지금으로선 그가 할 수 있는 전부였다.

*　　　*　　　*

지백천과 조치성 등이 함께 이야기를 나누고 있는 바로 그 시각.

관우는 당하연과 함께 어천성의 외곽을 거닐었다.

어천성 내부는 예전에 비해 한산했다.

본래 있던 수령문과 지령문의 사람들이 빠져나갔으니 당연했다.

때문에 처음엔 내외부의 경비도 약간 부족한 듯했으나, 관우는 최근 들어 그것이 점점 강화되는 것을 느낄 수 있었다.

곁에서 걷는 당하연은 몰랐지만, 외곽으로 빠져나오는 도중 곳곳에 몸을 은신한 자들을 확인할 수 있었다. 며칠 전까지만 해도 보이지 않던 자들이었다.

이로써 관우는 한 가지 사실을 알 수 있었다.

광령문의 근거지에서 온 인물들이 속속 이곳에 당도하고 있다는 것을 말이다.

애초에 중원 땅에 발을 디딘 자들은 세 문파 모두 얼마 되지 않았다.

이제 드디어 저들이 본격적인 움직임을 보이고 있는 것이다.

"달이 보이질 않네. 오라버니랑 달구경하고 싶었는데."

당하연은 근래 들어 부쩍 말이 많아졌다. 아니, 정확히는 어천성에서 자신과 재회하고 나서부터라고 해야 할 듯하다.

그녀가 자신을 만나기 위해 어천성에 온 바로 그날.

관우는 그녀의 눈물을 보았다.

삼 년 전에도 본 눈물이다. 하지만 그때와는 다른 눈물이었다. 오직 자신을 향한 눈물이었던 것이다.

그녀의 눈물을 보자 많은 감정이 교차했다.

사실 당하연이 조치성 등과 함께 올 줄은 전혀 예상치 못하였다.

당가에서 보내주지 않을 거라 여겼고, 자신 역시 위험 때문에 그녀가 오는 것을 원치 않았다.

그런데 그녀가 왔다. 자신을 만나기 위해… 위험을 무릅쓰고 말이다.

반가웠다.

자신이라고 그녀가 보고 싶지 않았겠는가?

그날부터였다.

당하연은 관우를 향한 마음을 숨기지 않았다. 누구 앞에서고 당당히 표현했다. 그리고 그것은 관우 앞에서도 마찬가지였다.

지금도 그녀는 관우의 곁에 바짝 다가서서 걷고 있었다. 관우와 손을 맞잡은 채로.

"내일 비가 오진 말아야 할 텐데 말이야."

관우의 대꾸가 없어도 당하연은 개의치 않고 계속해서 입을 열었다.

"날이 더운데다가 비까지 오면 온몸이 찝찝하거든."

"걱정 마. 비는 오지 않을 테니까."

관우는 나직한 음성으로 말했다.

당하연의 눈동자가 살짝 흔들렸다.

관우가 한 말 때문이 아니다. 맞잡은 손에서 느껴지는 이질적인 감촉 때문이었다.

관우는 그녀의 가녀린 손가락 사이에 자신의 손가락을 교차시켰다.

깍지 낀 관우의 손을 통해 따스함이 전달되었다.

당하연은 자신을 염려하는 관우의 마음을 읽고는 깍지 낀 손에 슬며시 힘을 더했다.

"다행이네. 오라버니가 오지 않는다고 하면 오지 않을 거야."

그녀는 관우를 향해 굳은 신뢰를 보냈다.

내일이면 당가로 떠난다.

거기에서 무슨 일어날지는 아무도 모른다.

만일 당가가 광령문을 따르지 않으면 광령문은 그 즉시 당가를 없애려 할 것이다.

그 일을 담당할 자가 바로 관우였다.

그러나 둘 중 아무도 그에 관한 이야기는 꺼내지 않는다.

이미 서로가 서로에게 마음을 전달했기 때문이다.

관우는 걱정하지 말라고 말했고, 당하연은 그 말을 믿는다 하였다.

서로의 손을 맞잡은 두 사람에게 더 이상 다른 말은 필요치 않았다.

"관 노, 아니, 관 대인은… 어디에 묻었어?"

당하연은 그녀답지 않게 조심스럽게 물었다.

관불귀가 어떻게 죽었는지 관우를 통해 들어 알고 있는 그녀다. 그리고 그 때문에 관우의 말수가 예전보다 적어졌다는 것도 알고 있었다.

"태실산 자락에."

"다음에 꼭 한 번 같이 가."

"그래."

"우리 엄마는 나 때문에 돌아가셨어."

"……?"

갑작스런 말에 관우의 시선이 당하연을 향하였다.

그녀가 어머니에 관한 이야기를 하는 것은 처음이었다.

당하연은 관우의 시선을 느끼면서도 모른 척 계속 말을 이었다.

"내가 젖을 뗄 즈음이었다고 해. 엄마는 무공도 익히시지 않은데다가 나를 낳으신 뒤 몸이 더욱 약해지신 상태였다지? 그날 밤에도 엄마는 편찮으신 상태로 나를 안고 주무셨는데, 갑자기 방에서 불이 난 거야. 불은 순식간에 방 안 전체에 옮겨 붙었고, 엄마는 가누기도 힘든 몸으로 간신히 시비에게 나를 맡기고 돌아가셨어."

"그런 일이 있었구나."

관우는 걸음을 멈추고 그녀 앞에 섰다.

당하연은 관우를 똑바로 쳐다보지 못한 채 힘없이 웃었다.

"그런데 그 불이 왜 났는지 알아?"

"……?"

"내가 낸 거야. 잠에서 깨서 혼자 놀던 내가 꺼지지 않은 등잔을 쳐서 바닥에 떨어뜨린 거야."

"……."

"그날 이후로도 나는 아주 잘 자랐어. 엄마가 없어도 참 밝게 자란다는 이야기를 많이 들었던 것 같아. 하지만 아버지는 그렇지 않았어. 자라면서 나를 보고 웃는 아버지의 모습은 단

한 번도 본 적이 없었거든. 그리고 내가 열한 살이 되었을 때, 엄마의 죽음이 나 때문인 것을 알게 되었어. 우연히 식솔들이 그날의 일에 대해 이야기하는 것을 들은 거지. 아무튼 그때야 비로소 아버지가 왜 날 보고 웃지 않았는지 그 이유를 알게 된 거야. 엄마가 나 때문에 돌아가셨다는 사실도 괴로웠지만, 그땐 그것 못지않게 아버지가 엄마의 죽음 때문에 날 홀대했다는 사실이 무척이나 견딜 수가 없었어."

당하연은 울지 않으려고 꽤나 애를 쓰는 듯했다.

하지만 떨리는 음성과 촉촉이 젖어드는 눈망울은 어쩔 수가 없었다.

관우는 묵묵히 그녀를 바라봤다.

이제 모든 것이 이해됐다.

그녀의 비뚤어진 언행과 생활, 그리고 그녀의 아버지와의 서먹한 관계.

열한 살.

그 모든 것을 감당하기엔 어린 나이였던 것이다.

"크면서 아버지를 이해 못했던 것은 아니야. 아버지한테는 나를 지켜보는 것 자체가 괴로움이었을 테니까. 하지만… 하지만 섭섭한 것은 어쩔 수가 없었어. 내가 엄마를 죽였다는 건 스스로 인정하면서도 남들이 나를 그렇게 바라보는 건 견딜 수가 없었거든. 특히 아버지가 나를 그렇게 생각한다는 게……."

당하연은 끝내 눈물을 떨구었다.

이러려고 말을 꺼낸 것이 아닌데…….

그녀는 자신을 측은히 바라보는 관우의 시선을 느끼며 서둘러 눈물을 훔쳤다.

"연 매 탓이 아니야. 연 매의 아버지 탓도 아니야. 그건 사고였어. 불행한 사고."

관우의 포근한 음성이 들려온다.

그녀는 기다렸다는 듯이 관우의 말에 순순히 고개를 끄덕였다.

"맞아. 그건 사고였어. 나는 아무것도 모르는 어린아이였고, 누구도 원치 않는 불행한 사고가 일어났던 거야. 관 대인이 놈들의 손에 죽은 것처럼."

"……."

당하연은 가만히 관우를 올려다보았다.

관우도 그녀를 지그시 쳐다보았다.

애초에 이럴 의도로 자신의 이야기를 꺼낸 것이리라.

그렁그렁한 눈으로 자신을 올려다보는 당하연의 모습에 관우는 절로 자신의 손을 그녀의 눈으로 가져갔다.

"……!"

관우의 손가락이 얼굴에 닿자 당하연의 눈빛이 살짝 진동을 일으켰다.

관우는 천천히 눈가의 눈물을 닦아주며 입을 열었다.

"이럴 때 보면 연 매는 참 영악해."

당하연은 관우의 손길에 부끄러움을 느끼면서도 짐짓 도끼 눈을 떴다.

"영악하다니? 나한테 그런 말을 하고도 무사하길 바라는 건 아니겠지?"

이에 희미한 미소를 머금는 관우.

"내가 어떻게 하면 될까?"

"어떻게 하긴? 나랑 같이 이겨내는 거지."

"연 매랑 같이?"

고개를 끄덕이는 당하연.

"사실 지금 한 말은 유모가 내게 항상 해주던 말이었거든."

"남이 한 말로 생색을 내다니."

관우는 속았다는 표정을 지으며 손가락으로 당하연의 코를 톡 하고 건드렸다.

이에 눈을 깜빡인 그녀가 돌연 환하게 웃어 보였다.

"내 말대로 할 거지?"

관우는 당하연의 미소를 보며 작게 고개를 끄덕였다.

그녀와 함께라면 그럴 수 있을 것 같았다.

곁에서 항상 그녀가 이렇게 자신을 향해 웃어줄 수만 있다면……

관우가 그런 생각을 하는 동안 당하연 역시 관우의 미소를 바라보며 동일한 생각을 품고 있다는 것을 관우는 알고 있을까?

어느 순간.

당하연이 움찔하며 슬쩍 시선을 아래로 피했다. 관우의 눈빛에서 뭔가를 읽은 것이다.

　점차 가슴이 뛰고 온몸이 긴장으로 굳어가는 그때.

　관우가 천천히 다가왔다.

　동시에 주변의 모든 소음이 차단됐다. 이제 그녀의 귀에 들리는 것은 오로지 그녀의 심장 소리뿐이었다.

　쿵쿵! 쿵쿵!

　두려움을 이기지 못한 그녀가 슬며시 고개를 숙였다.

　하지만 그뿐. 조심스럽게 턱을 들어 올리는 관우의 손길에 그녀는 다시 고개를 들어야만 했다.

　이젠 다른 도리가 없었다, 눈을 질끈 감는 수밖에는.

　숨 막힐 듯한 긴장 속에서도 숨고 싶고, 피하고 싶은 생각이 들지 않는 이유는 과연 무엇인지…….

　스윽.

　자신도 모르게 그녀는 양손을 살며시 말아 쥔다.

　그리고 잠시 후,

　"……!"

　말아 쥔 두 손에 불끈 힘이 들어갔다.

　두려움과 기대감이 전율과 황홀함으로 바뀌는 순간이었다.

第二十六章
삼분지심(三分之心)

풍신유사 風神遺事

지백천은 말을 타고 앞서 가는 관우의 뒷모습을 바라봤다.

"안타깝군."

그는 오늘 아침 일찍 관우를 찾아가 무계심결의 심해를 건네줬다. 그리고 동시에 천문의 사정과 조치성 등이 함께 갈 수 없음을 이야기했다.

그에 대한 관우의 반응이 바로 저 한마디였다.

가장 나올 법한 말이지만, 지백천은 그 순간 의외라는 생각이 들었다. 말은 안타깝다 했지만, 관우의 표정은 딱히 그렇다고 보기엔 어려웠기 때문이다.

관우는 태연했다. 마치 그럴 줄 알고 있었다는 듯.

지백천은 생각 외로 관우가 속을 들여다보기 어려운 인물임을 인정하지 않을 수 없었다.

"무슨 생각을 그렇게 골똘히 하시죠?"

곁에서 말을 몰던 모용란이 고개를 비스듬히 숙이며 그에게 시선을 던졌다.

그녀는 군무단원 다섯 중 위탕복과 더불어 말수가 많은 편에 속하였다. 그녀는 뛰어난 사교성으로 자신보다 나이가 많은 지백천 등과도 곧잘 대화를 시도하고 있었다.

지백천은 그녀에게 시선을 주지 않은 채 짧게 말했다.

"이런저런."

성의없는 대답이지만 모용란은 가볍게 웃어 넘겼다.

"홋, 단주님을 바라보고 계시던 것 같던데……?"

"……."

지백천이 묵묵히 있자 그녀는 재차 입을 열었다.

"어찌 보면 평범한 듯한데… 또 어찌 보면 그렇지 않은 듯도 하고. 알 수 없는 분이에요. 그렇지 않은가요?"

"이 중에 과연 평범한 자가 있겠는가?"

모용란은 지백천의 한마디에 미묘한 눈빛이 되었다.

"그렇죠. 평범하지 않은 자들… 이 중엔 참 많군요."

그녀는 은근히 다른 자들을 쓸어보았다.

관우와 당하연, 군무단원 다섯.

그리고 두 명이 더 있다.

일행의 가장 뒤에 처져 있는 자들.

그들은 곳곳에 금색 실로 수를 놓은 말끔한 백의를 걸치고 있었다.

네모지게 자른 머리 모양과 칼날 같은 눈매가 그들의 분위기를 대번에 드러냈다.

태광원의 원사들.

진무영은 그들을 관우와 함께 보냈다.

광령문의 하부 조직은 크게 세 곳으로 나뉜다. 태광원과 중광원, 소광원이 그것이다.

셋은 능력에 따른 분류라는 것만 알려져 있을 뿐, 실제 그 차이가 어느 정도인지는 알 수 없었다. 정식 광령문도가 아닌 이상 조직 내부에 관한 사항은 함구되었기 때문이다.

"단 두 명이라니, 무슨 속셈일까요?"

지백천은 그녀가 누굴 가리켜 말하는 것인지 알았다. 하지만 그는 대꾸하지 않았다.

"아무래도 그만큼 저 둘의 힘이 막강하다는 뜻이겠죠?"

"……."

"당가는 물론 무당을 무너뜨릴 만큼. 그리고……."

모용란의 입가에 언뜻 미소가 어렸다.

"우리 모두를 감시하기에 충분할 만큼."

그녀의 시선이 다시 지백천을 향했다.

"신의께선 어떻게 생각하시나요?"

"무얼 말인가?"

"소문주의 판단 말이에요."

"병이나 고치는 늙은이가 무엇을 알겠는가? 그런 일이야 자네가 전문이지."

"호호, 제 생각을 듣고 싶으시다는 말로 들리는군요?"

앞서 가는 관우의 뒷모습을 가만히 바라보던 모용란.

이윽고 그녀는 입을 열었다.

"물론 그런 일은 제 전문이에요. 하지만 이번만은 저 역시 쉽게 판단이 서질 않는답니다. 이 군무단의 운명이 과연 어떻게 될지……."

예측불허.

하지만 그녀의 음성에선 불안보다는 흥미로움과 기대감이 잔뜩 묻어났다.

지백천은 침묵했다.

하지만 내심으로는 그녀의 말에 고개를 끄덕이고 있었다.

태산을 떠난 지 보름이 지났다.

드디어 관우의 눈앞에 무당산의 전경이 펼쳐졌다.

깊으면서도 유려한 산세.

원무지신의 신화가 담긴 신령스런 곳.

마치 그 신비스러움을 자랑이라도 하듯 짙은 안개가 거의 모든 봉우리를 뒤덮고 있었다.

"패마, 이곳에서 연 매와 함께 기다리도록 해."

"예, 주군."

관우의 말에 소광륵이 고개를 숙였다.

그는 관우의 말뜻이 무엇인지 알고 있었다. 그리고 당하연 역시 그것을 모르지 않았다.

"나도 오라버니와 함께 가겠어."

그녀는 단호한 표정으로 말했다. 그러나 관우는 고개를 가로저었다.

"위험해. 오래 걸리진 않을 테니까 이곳에 있어."

"오라버니와 함께 있는 것이 더 안전할 거야."

예상대로 당하연은 쉽게 물러서지 않았다.

그런데 그때였다.

"군무단은 모두 이곳에 남아라."

뒤쪽에서 나직하면서도 장중한 음성이 들려왔다.

모두의 시선이 그곳을 향했다.

줄곧 침묵하고 있던 백의인들 중 한 명이 이쪽을 바라보고 있었다.

관우는 그의 이름을 모른다. 그저 그를 어찌 불러야 하는지만 알고 있을 뿐이었다.

오휘(五暉).

진무영으로부터 전해 들은 그의 호칭이었다. 태광원의 다섯 번째 원사.

애초에 광원의 원사들에겐 이름 따윈 없었던 것이다.

"무슨 뜻인가?"

관우가 그를 향해 물었다.

그러자 오휘는 관우를 직시하며 말했다.

"너희는 이곳에 남는다. 무당은 우리가 처리하겠다."

"소문주의 지시인가?"

"그렇다."

관우는 잠시 그를 바라보았다. 그리고 그 옆에 있는 자에게도 잠시 시선을 던졌다. 그는 관우를 보고 있지 않았다. 멀리 무당산의 산세를 감상하고 있는 듯했다.

'삼휘.'

그는 태광원의 세 번째 원사다.

단 두 명.

태광원에 총 몇 명의 원사가 있는지는 알 수 없었다.

하지만 이들 만으로도 무당을 궤멸시키는 데 부족함이 없을 것이다.

이미 중광원의 원사들을 대한 적이 있었던 관우는 그렇게 확신했다.

이들에게선 그들과는 비교할 수 없는 힘이 느껴졌다.

미간에 흐르는 빛무리의 크기가 진무영에 비하여도 크게 뒤떨어지지 않을 정도다.

"무당엔 이미 수령문의 인물들이 와 있을 겁니다."

오늘 새벽 위탕복이 자신에게 한 말을 떠올린 관우는 오휘를 향해 고개를 끄덕였다.

"알겠다. 우린 여기서 기다리겠다."

관우는 위탕복의 몽예력을 믿었다.

확실하지 않았다면 자신에게 고하지도 않았을 것이기 때문이다.

무당과 싸울 생각은 없었다. 어떻게든 회유해 볼 생각이었다.

그러나 진무영은 그렇지 않았다. 그는 무당을 치는 것으로 싸움의 서막을 알릴 작정이었다. 그렇기에 태광원의 원사 둘을 함께 보낸 것이다.

수령문도들이 무당에 와 있다면 그들과도 싸워야 한다.

그것은 곤란한 일이었다. 자신은 몰라도 나머지 군무단원들은 그들의 술법에 제대로 대응할 수 없을 것이기 때문이다. 아직은.

이 때문에 약간의 고민을 하던 차에 이들이 먼저 자신들만 무당에 가겠다고 한 것은 관우로선 다행이었다.

"허튼 생각은 하지 않기를 바란다."

싸늘한 한마디를 남긴 두 원사는 관우 등을 지나쳐 유유히 앞으로 걸어나갔다.

그러다가 돌연 한 사람이 멈칫거리며 뒤를 돌아봤다. 지금껏 말이 없던 삼휘였다.

그는 관우를 향해 입을 열었다.

"생각이 바뀌었다. 군무단주는 우리와 함께 간다."

카랑카랑한 음성.

관우는 당황하지 않고 물었다.

"이유는?"

"중광원 원사 둘을 따돌린 네 실력을 보고자 함이다."

삼휘는 노골적으로 내심을 드러냈다.

굳이 감출 필요가 없기 때문이다. 자신의 내심을 알든 모르든, 관우는 갈 수밖에 없다는 걸 그는 확신하고 있었다. 가지 않으면 자신의 손에 죽을 것이기에.

그는 진무영으로부터 그런 권한을 부여받았다, 수상한 낌새를 발견하면 관우를 없애도 좋다는.

그의 확신대로 관우는 다른 말없이 그들을 따라나섰다.

결코 만만히 여길 자들이 아니며, 한시라도 긴장을 늦출 새가 없다는 것을 관우는 새삼 느껴야 했다.

당하연의 염려스런 눈빛을 뒤로하고 산을 오른 지 반 시진.

무당산의 주봉인 천주봉을 향해 오르던 세 사람은 어느 순간 좌편으로 꺾어 들어갔다. 그곳에 무당파의 근거지 자소궁이 있었다.

이미 무당에선 두 원사와 관우가 왔다는 것을 알고 있을 터였다. 오휘가 해검지에 있던 무당의 제자들을 단번에 해치웠기 때문이다.

그럼에도 이곳까지 올라오는 동안 아무런 제지가 없었다.

오히려 산 전체가 쥐 죽은 듯 고요하기만 했다.

얼마 후 자소궁의 전각들이 눈앞에 보이기 시작했다.

황적색의 석담들 위로 푸른 기와들이 솟아 있었다.

바닥에 촘촘히 깔린 석판들을 지나가자 석교가 나타났다. 석교 너머에 있는 문이 바로 자소궁의 정문인 대궁문이었다.

하지만 관우 등 세 사람은 석교를 넘지 않고 그 자리에 멈춰 서야만 했다.

석교 위.

거기엔 역시 세 사람이 나란히 서 있었다. 하나같이 건장한 체구를 자랑하는 장년인들이었다.

하체에 비해 기이할 정도로 발달된 상체와 유난히 긴 팔.

그들을 확인한 관우는 내심 크게 놀라지 않을 수 없었다.

'다르다!'

그들에게서 뭔가가 느껴진다.

그리고 그들의 전신을 감싸고 있는 푸른빛의 일렁임.

마치 물결이 넘실거리는 듯한…….

'물……? 그리고 저 체구. 수령문이구나!'

관우는 예전에 읽은 수령문에 관한 기록을 기억해 냈다.

수령문도들은 그 특성상 어릴 적부터 물속에서 생활한다 했다. 술법을 수련할 때엔 거의 하루 종일 수중에서 지낼 정도였다.

그 때문에 일반인보다 자연스레 골격, 특히 어깨와 팔이 잘 발달될 수밖에 없다 하였다.

관우가 그들을 알아보았듯, 두 원사도 그들의 정체를 알고는 두 눈을 반짝였다.

"낭도(浪徒)… 너희들이 이곳에 와 있었을 줄이야."

삼휘의 카랑카랑한 음성이 귓전을 때렸다.

이에 석교에 서 있던 삼 인 중 가운데 선 자가 대꾸했다.

"태광원이라… 무당을 통째로 날릴 작정을 했나 보군. 하지만 뻔한 수다. 역시 광오한 광령문의 소문주답구나."

서로가 서로를 알아봤다.

낭도.

수령문의 주요 조직인 탕랑(湯浪)과 빙랑(氷浪)에 소속된 자들을 일컫는 말이었다.

물의 기운을 두 가지로 나누어 술법을 익히게 한 것은 수령문의 특색이었다. 물의 뜨거운 기운을 중심으로 술법을 익힌 자들은 탕랑, 차가운 기운으로 술법을 익힌 자들은 빙랑에 소속되는 것이다.

관우는 앞에 있는 낭도들의 힘이 결코 두 원사에 비해 뒤처지지 않는다는 것을 알 수 있었다.

하지만 정확한 것은 곧 알게 될 것이다. 과연 이들의 힘이 어느 정도인지.

예상치 못한 낭도들의 등장에 약간 갈등하는 기색을 보이던 삼휘가 관우를 향해 입을 열었다.

"저 중 하나를 상대로 버틸 수 있겠는가?"

"글쎄."

"별로 기대는 하지 않지만, 만일 일각만 버틴다면 우리가 도와줄 수 있을 것이다."

"일각이면 저들을 제압할 수 있는가?"

"네가 버텨만 준다면."

관우는 삼휘의 말뜻을 알아차렸다.

낭도 셋이라면 불가능하지만, 둘이라면 충분히 일각 안에 제압할 수 있다는 뜻이었다.

결국 낭도 하나를 상대로 관우가 얼마나 버티느냐가 관건이었던 것이다.

"한번 해보도록 하지."

관우는 담담하게 대꾸했다.

"무리하지는 마라. 네 임무는 아직 끝나지 않았으니까."

"……."

관우는 대꾸하지 않았다. 삼휘 역시 대답을 바란 것이 아닌 듯 시선을 석교 쪽으로 되돌렸다.

그와 오휘의 두 눈에서 백광이 쏟아져 나왔다.

"감히 성스런 본 문에 대적하다니! 너희는 이 자리에서 모두 소멸될 것이다!"

말을 내뱉음과 동시에 그들은 앞으로 쏟아져 나갔다. 나아가는 그들의 신형은 투명하도록 하얗게 변해 있었다.

치이익!

석교가 뭔가에 그슬리듯 연기를 발했다.

수령문의 낭도 셋은 이미 석교 위에서 사라진 뒤였다.

콰직! 쿠르르……!

석교의 중앙이 그대로 무너져 내렸다.

그 사이로 칼로 베인 듯한 단면이 모습을 드러냈다.

꽝! 꽝!

무너진 석교 좌우편에서 연이어 둔탁한 굉음이 터져 나왔다.

두 낭도가 각각 삼휘와 오휘와 섞여 신형을 부딪치고 있었다.

그들이 부딪칠 때마다 굉음이 터져 나온다.

강렬한 빛이 폭사되며, 푸른 물줄기와 같은 것들이 허공에 끊임없이 출현했다 사라지는 것을 반복했다.

경천동지!

그들이 내뿜는 기운과 소리가 주변의 모든 것을 집어삼켰다.

사실 지금 이들 각인이 펼치는 술법은 주변 전체를 날려 버릴 만한 위력을 지니고 있었다.

그러나 실제로 그런 일은 일어나지 않고 있었다. 서로 다른 기운이 부딪칠 때마다 상쇄 작용을 하는 탓이다. 때문에 그 위력이 주변에까지 미치지 않고 있었다.

한편, 그들을 바라보고 있는 관우의 두 눈엔 경탄의 빛이 떠올랐다.

'이런 것이로구나, 이들의 싸움은!'

하지만 그것도 잠시.

스스슥!

관우는 자신의 손목을 조여오는 스산한 기운을 느끼며 재빨리 일검을 떨쳐 내었다.

팡!

뭔가가 흩어지는 듯한 소리와 함께 나직한 탄성이 터져 나왔다.

"능수기(能水技)를 막아내다니! 보통 무공이 아니로구나."

관우의 앞.

낭도 중 하나가 그곳에 서 있었다.

그는 매우 놀란 표정으로 관우를 쏘아보고 있었다.

"너는 누구냐?"

"……."

관우는 대답하지 않았다.

대신 무계심결을 운용해 대정기를 끌어올렸다. 대정기를 받은 관우의 검이 금세 강기를 형성했다.

그것을 본 낭도의 눈이 가늘어졌다.

강기에서 무시할 수 없는 영력이 느껴졌기 때문이다.

저 정도의 영력을 지닌 무공이라면 그가 알고 있는 곳은 하나밖에 없다.

"천문……? 네놈은 천문의 제자냐?"

관우는 역시 대답하지 않았다. 대신 단숨에 낭도와의 거리를 좁혀 힘차게 강기를 뿌렸다.

콰직!

바닥의 석판이 갈라지며 사방으로 파편이 튀어 올랐다.

삭……!

미세한 파공음이 들리며 차가운 기운이 온몸을 엄습했다.

허공으로 눈길을 주자 투명한 얼음막이 전신을 뒤덮으려 하고 있었다.

관우는 얼음막을 향해 검을 휘저었다.

쩌엉!

막에 균열이 생기더니 곧 산산이 흩어졌다.

그런데 놀라운 일이 벌어졌다.

허공에 흩어진 파편들이 갑자기 물방울로 화하여 관우에게 떨어져 내렸던 것이다.

미처 몸을 뺄 수 없었던 관우는 고스란히 물에 젖을 수밖에 없었다.

놀라운 일은 거기서 그치지 않았다. 관우의 몸이 바깥부터 얼어붙기 시작한 것이다.

당황한 관우는 재빨리 몸을 움직이려 하였다.

하지만 어느새 굳어버린 발은 뜻대로 움직이지 않았다.

검을 쥔 팔이 응집된 대정기로 인해 아직 얼어붙지 않고 있는 것이 그나마 다행이랄까.

관우는 황급히 시선을 들어 낭도를 쳐다봤다.

그는 관우를 향해 양손을 기이하게 움직이고 있었다.

저거였다.

저 손만 멈추게 한다면 술법에서 벗어날 수 있을 터였다.

낭도와의 거리는 삼 장.

관우는 들고 있던 검을 그대로 낭도를 향해 내던졌다.

쐐액!

삼 장은 짧은 거리다.

진기를 잔뜩 머금은, 게다가 강기를 동반한 검이 날아갈 거리라면 더더욱 짧다.

순전히 팔 힘으로만 던진 검이지만 그 속도는 엄청났다.

순식간에 일어난 일에 낭도는 흠칫하며 땅을 박찼다.

그러나 이미 피하기엔 늦었다고 판단했는지 그는 몸을 띄움과 동시에 한쪽 손을 앞으로 쭉 내밀었다.

깡!

팔뚝만 한 얼음 기둥이 관우가 던진 검과 충돌했다.

관우는 그 순간을 놓치지 않고 전신으로 대정기를 휘돌려 몸을 감싸고 있던 얼음들을 녹여냈다.

뒤로 몸을 빼낸 관우의 정면으로 얼음 기둥이 쏘아져 날아왔다.

그것을 본 관우의 표정은 딱딱하게 굳었다.

피할 수 없었다.

그렇다면 막아야 하는데, 이젠 검이 없다.

맨손으로 막는다면 팔이 성할 가능성은 거의 없으리라.

'다른 방법이 없다!'

관우는 섭풍술을 시전하기로 마음먹었다.

얼마 전까지 관우가 고심하며 연구했던 것.

그것은 어찌하면 자신의 정체를 숨기면서 섭풍술을 펼칠 수 있을까 하는 것이었다.

광령문에 속하여 다른 두 곳과 싸움을 해야 하는 상황에서 천문의 무공만으로는 부족했다.

어떻게든 십풍술을 펼쳐야만 살아남을 수 있었다.

그러나 또한 자신의 정체가 드러나서는 안 되는 상황.

방법은 하나밖에 없었다.

자신이 섭풍술을 썼는지 아무도 모르게 하면 되는 것이다.

저들은 무성의 성질을 가진 바람의 기운만 가지고는 그것이 섭풍술로 인한 것인지 알아차릴 수 없다. 실제 일어난 바람을 보고 느껴야만 그것이 섭풍술로 인한 것인지 알 수 있는 것이다.

그렇다면 바람을 일으키되 바람이 일어나지 않는 것처럼만 할 수 있다면 저들을 속일 수 있으리라.

바로 그런 생각을 가지고 나름대로 연구를 해온 관우는 드디어 얼마 전 한 가지 방도를 찾아내기에 이르렀다.

단서를 준 것은 전에 태실산의 암봉에서 중광원의 원사들을 따돌렸을 때의 상황이었다.

그때 관우는 섭풍술로 일으킨 바람을 본래 암봉에 불고 있던 바람으로 위장했었다. 그 결과 그들을 따돌린 것은 물론이고, 자신의 정체까지 숨길 수 있었다.

관우는 바로 거기에서 답을 찾았다.

바람으로 바람을 감춘다!

펄럭!

관우의 옷이 부풀어 올랐다.

하지만 거기까지.

바람은 더 이상 불어나가지 않았다.

일 척의 공간을 사이에 두고 밖으로 바람이 불어나가는 동시에, 같은 세기의 바람이 안으로 불어닥쳤다.

모든 변화는 관우를 중심으로 반경 일 척 안에서만 이루어지고 있는 것이다.

그렇게 어느 한 지점에서 바람이 서로 충돌했다.

그 순간을 노리고 관우는 재빨리 손을 앞으로 내뻗었다.

꽝!

"큭!"

관우는 밀리는 신형을 간신히 멈추어 세웠다. 얼음 기둥과 부딪친 팔은 감각이 없을 정도로 얼얼했다.

"뭐지?"

앞에 선 낭도의 음성이 들려왔다.

그의 얼굴엔 불신의 빛이 가득했다.

"어찌 무공 따위에 본 문의 능수기가 번번이 막히는 것인가?"

그는 방금 전 시도한 공격으로 관우를 없앨 수 있다고 확신한 듯했다. 하지만 그것이 막히고 관우가 여전히 멀쩡하자 크게 당황한 모습이었다.

반면 관우는 그가 내뱉은 말을 들으며 안심했다.

눈앞에 있는 낭도는 관우가 무공으로 그의 공격을 막아낸 것으로만 알고 있었다.

섭풍술, 나아가 자신의 정체를 숨기는 것이 성공을 거둔 것이다.

"으음……!"

관우는 약간의 어지러움을 느꼈다.

이번 공격을 막아내며 사용한 풍기가 삼 할이다.

삼 할은 이제 초의분심공 덕분으로 얼마든지 펼칠 수 있는 수준이었다.

하지만 이번에 사용한 섭풍술엔 실질적으로 그 두 배의 풍기가 사용되었다. 하나가 아닌 두 개의 섭풍술을 펼쳤기 때문이다.

바람으로 바람을 숨긴다는 방법 자체는 좋았지만, 거기엔 문제가 있었다.

언제 어디서나 바람이 불지는 않는다는 것이었다.

물론 섭풍술을 이용하여 마치 자연적으로 바람이 부는 것과 같은 상황을 만들 수는 있었다.

그러나 그리하면 실제 공격하고 방어하는 섭풍술은 쓸 수가 없다는 문제가 역시 발생했다.

그때 자연스럽게 떠오른 것이 초의분심공이었다.

초의분심공을 이용하면 동시에 두 개의 섭풍술을 펼칠 수 있기 때문이다.

그러나 거기에도 역시 두 가지 어려움이 있었다.

첫째는 마음을 셋으로 나누어야 한다는 점이다. 두 개의 섭풍술을 펼침과 동시에 무계심결까지 운용해야 하기 때문이다.

예전 무애는 환무길 앞에서 네 가지 무공을 동시에 펼쳐 보인 바 있었다.

하지만 초의분심공도 꾸준히 도야(陶冶)해야만 그 수준을 높일 수 있는 것. 지금의 관우로선 둘까지는 수월했지만 셋은 완벽하지 않았다.

그리고 둘째는 동시에 두 개의 섭풍술을 시전하는 탓에 체력과 심기의 소모가 두 배가 된다는 점이었는데, 바로 그 때문에 지금과 같이 몸에 무리가 따르고 있었던 것이다.

무계심결을 동시에 운용한다고는 하지만 그것으론 한계가 있었다.

이렇듯 방법은 찾았으되, 아직은 여러모로 미흡하고 불안한 상태였다.

하지만 어쨌든 정체를 숨기는 것에는 성공했다.

그것으로 위안을 삼은 관우는 잠시 시선을 움직여 삼휘와 오휘를 찾았다.

그들의 싸움은 여전히 치열했다.

그러나 그 가운데서도 두 사람의 적지 않은 우세가 엿보였다.

점점 그들이 내뿜는 광채가 강해지는 반면, 그들을 상대하는 낭도들의 기운은 조금씩 약해지는 것을 확인할 수 있었다.

'시간 싸움이다!'

두 섭풍술을 온전히 유지할 수 있는 시간은 그리 오래 남지 않았고, 일각이 되려면 아직 멀었다.

관우는 결단을 내려야 했다.

오래 끌다간 몸이 견뎌낼 수 없는 지경에 이르고 말 것이다. 정신이라도 잃게 되면 큰 낭패였다.

방법은 하나.

눈앞에 있는 낭도를 먼저 쳐야 했다. 관우는 그를 공격하여 제압하기로 마음을 굳혔다.

마음이 움직이자 몸이 즉각 반응했다.

관우의 신형이 그 자리에서 사라졌다.

픽!

놀란 낭도의 옆구리에서 둔탁한 타격음이 터져 나왔다.

절로 상체를 굽힌 낭도는 거친 숨을 내뱉었다.

뻐걱!

이번엔 굽힌 채로 머리가 돌아갔다. 입술 사이로 피가 튀었고, 그 충격에 결국 그는 바닥에 처박혔다.

고통 중에서도 그의 눈은 경악으로 가득 차 있었다.

어떻게 이런 일이 있을 수가 있냐는 듯, 그는 두 눈을 부릅뜨고 관우를 올려다보았다.

관우의 움직임을 전혀 볼 수가 없었다. 게다가 술법도 아닌 맨주먹에 이처럼 고통을 느끼다니?!

보통 무공으론 그들에게 고통을 줄 수 없었다. 오직 영력이 담겨 있는 무공만이 그들에게 충격을 줄 수 있다.

하지만 영력이 담겨 있는 무공이라도 이 정도의 고통은 줄 수 없었다. 그가 알고 있는 한 그런 무공은 세상에 존재치 않았다.

그런데 지금 그는 그런 무공을 보고 있었다.

술법을 깨부수는 무공.

능수기에 필적하는 영력을 지닌 무공을 말이다.

빡!

"으윽!"

무릎을 강타당한 그는 드디어 고통에 찬 신음을 내뱉었다. 부러진 다리가 너덜거렸다.

그러나 다행히 그럼으로써 그는 정신을 차릴 수 있었다. 그는 자신의 복부를 향해 날아오는 관우의 주먹을 보곤 신형을 튕겼다.

퍼억!

그가 누워 있던 자리가 깊게 파였다

허공을 선회한 그는 손가락을 벌려 열 개의 푸른 물줄기를 관우를 향해 쏘아냈다.

이를 본 관우는 가늘고 예리한 물줄기를 향해 양손을 휘저었다. 그러나 그것은 여전히 눈속임에 불과한 것. 물줄기는 관우의 전신을 감싼 풍막(風幕)에 부딪쳐 튕겨져 나갔다.

그런데 그 순간 관우는 두 눈을 부릅떠야 했다.

덥썩!

어느새 지척으로 다가온 낭도의 손이 거칠게 풍막을 뚫고 들어와 관우의 어깨를 붙들었다.

그는 어떤 공간의 이질감을 느꼈는지 잠시 놀란 표정이 되었으나 곧 양손을 파랗게 물들이기 시작했다.

'음?!'

그의 손을 뿌리치기 위해 신형을 움직이던 관우는 돌연 전신에서 무언가가 빠져나가는 듯한 기분에 크게 놀랐다.

"흔적도 없이 말려 죽여주마!"

검푸른 눈을 희번덕거리며 낭도가 말했다.

관우는 이를 악물었다. 순간의 방심이 큰 화를 불렀다.

낭도의 다리를 부러뜨렸을 때 그를 제압했다고 여긴 것이 화근이었다.

하지만 그것은 이미 지나간 일.

지금 중요한 것은 낭도의 손아귀에서 빠져나가는 것이다.

관우는 즉각 제어하고 있던 풍기를 오 할 이상으로 끌어올렸다.

우우웅! 슈슈슈슈……!

일 척이라는 폐쇄된 공간 안에 돌연 강풍이 휘몰아쳤다.

"크윽! 이! 이건……?!"

막대한 압력을 이기지 못한 낭도의 몸이 마구 요동치기 시작한다.

얼굴은 뒤틀리고 옷은 모조리 찢겨져 나갔다.

덜덜덜덜……!

사정없이 흔들리던 그의 몸이 하나하나 형체를 잃어갔다.

먼저 상체가 오그라들기 시작하더니 결국 양팔이 뜯겨져 나갔다.

"으아아아아!"

말할 수 없는 고통에 낭도가 짐승처럼 괴성을 내질렀다.

하지만 그것을 들을 수 있는 이는 같은 공간 안에 있는 관우를 제외하면 아무도 없었다.

머리가 짓눌리고 숨이 끊어진 낭도의 몸이 맥없이 하늘거릴 때, 비로소 강풍이 멎었다.

털썩.

낭도의 흉측한 주검이 관우의 발아래 떨어졌다.

쾅! 꽈광!

삼휘와 오휘의 싸움이 거의 마무리되어 가는 것이 보였다.

그런데…….

'……?'

자소궁의 높은 담 위로 무언가가 솟구쳐 올랐다. 그것은 빠른 속도로 삼휘와 오휘가 있는 쪽으로 날아들었다.

'무엇이지……?'

궁금했다.

하지만 그것을 마지막으로 관우는 눈을 감았다. 그리곤 그 자리에서 허물어져 그대로 정신을 잃었다.

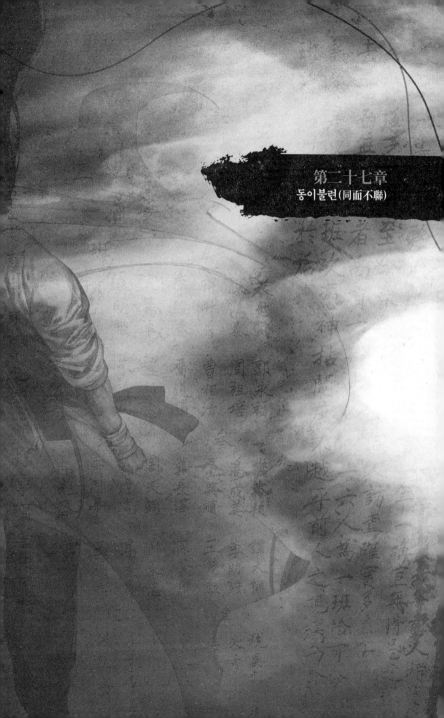

第二十七章
동이불련(同而不聯)

風神遺事

관우는 어느 객잔 안에서 눈을 떴다.

당하연을 통해 자신이 정신을 잃은 지 반나절이 지났으며 같이 갔던 원사들의 손에 이끌려 왔다는 이야기를 전해 들을 수 있었다.

어느 정도 몸을 추스른 관우는 자신의 방에서 삼휘와 마주했다. 그 역시 전과 달리 조금 지친 모습이었다.

"오휘는?"

"부상 때문에 아직 운신할 수 없다."

관우는 조금 놀랐다. 분명 싸움에서 이들은 우세를 점하고 있었다. 그런데 몸을 움직일 수 없을 정도의 부상이라니……

"기억을 못하나 보군."

"……?"

"본래 우리를 막고 있던 낭도 셋 말고 다른 자가 나타났었다."

"다른 자?"

관우는 정신을 잃기 전 마지막에 보았던 장면을 희미하게 기억해 낼 수 있었다.

"그자가 누구인가?"

"막율이다."

"막율? 수령문의 총령(總領)을 말함인가?"

"그렇다."

총령은 수령문의 이인자다. 적어도 지금까지 드러난 부분에서는 그랬다.

탕랑과 빙랑, 즉 양랑(兩浪) 소속의 낭도들은 물론이고, 문주 아래 있는 모든 문도들을 관장하는 자가 바로 그였다.

그런 그가 무당을 지키고 있었다는 것은 적잖이 놀라운 일이다.

그것은 그만큼 수령문이 무당을 중히 여긴다는 뜻이 될 뿐만 아니라, 진무영의 의도를 확실하게 간파하고 있었다는 뜻도 되었기 때문이다.

"그럼 무당을 어찌하진 못한 것인가?"

"막율은 오휘와 나 둘로는 상대하기 벅찬 자다. 게다가 부상까지 입어 물러설 수밖에 없었다."

"소문주께 보고를 올려야겠군."

"그것은 이미 조치했다. 그보다 네게 묻고 싶은 것이 있다."

관우는 그가 무엇을 물을지 짐작하곤 그와 시선을 마주했다.

"어떻게 낭도를 죽인 것이지?"

묻는 삼휘의 얼굴엔 여전히 믿기지 않는다는 기색이 역력했다.

관우는 담담하게 대답했다.

"본 문의 무공으로 해치웠을 뿐이다. 그자가 나를 얕보고 방심한 탓이 컸다."

순간, 삼휘의 미간에 흐르는 광채가 더욱 또렷해졌다.

"믿을 수 없다. 세상에 그런 무공은 존재치 않는다."

하지만 이번에도 역시 관우는 태연하게 대꾸했다.

"무공은 분명 너희들의 술법에 비해 약하다. 하나 무공을 과소평가하진 말아라. 무공도 누가, 어떻게 사용하는가에 따라 무시할 수 없는 위력을 발할 수 있다."

삼휘는 관우를 가만히 응시했다.

관우도 그의 시선을 담담히 받아냈다.

"너는 분명 뭔가를 숨기고 있다."

"누구든 자신을 다 드러내는 자는 없지."

"소문주께서 너를 온전히 신뢰하고 있다곤 생각지 마라."

"나 역시 소문주께서 나를 신뢰하고 있다곤 생각지 않는다. 다만 내가 아는 것은 그럼에도 내가 그분에게 필요한 존재라는 사실이다."

"잘 알고 있구나. 하지만 바로 그 때문에 너는 끝까지 우리의 의심을 받게 될 것이다."

그 말을 끝으로 삼휘는 신형을 일으켰다.

"내일 새벽 움직일 것이다. 준비해 두도록."

"목적지는 어디인가?"

"당연히 당가다."

"무당은? 포기하는 건가?"

관우의 물음에 삼휘가 뒤를 돌아보며 말했다.

"후발대가 오고 있다. 무당은 그들에게 접수된다."

"……!"

*　　　　*　　　　*

"사지의 절단은 압력에 의한 것입니다. 모든 근골이 어긋나고 부서졌습니다."

낭도 하나가 곁에선 장년인을 향해 말했다.

장년인의 체구는 낭도의 그것보다도 월등히 컸다.

일전에 무당 장문인 적양자와 밀담을 나누던 자, 그가 바로 수령문의 총령 막율이었다.

막율은 바닥에 널브러진 조각난 낭도의 시신을 내려다보며 고개를 주억거렸다.

"결국 손 하나 까딱하지 않고 이렇게 만들었다는 것이군."

그의 음성엔 불신이 묻어났다.

기세와 기파, 혹은 그 어떤 진기의 발출로도 사람을 이렇게 만들 수는 없었다. 그가 아는 한 그런 무공은 단연코 없다.

그런데 지금 그렇게 죽은 시신이 그의 눈앞에 있었다.

하면 둘 중 하나였다.

자신이 모르는 그런 무공이 존재했거나, 낭도를 이렇게 만든 것의 정체가 무공이 아니거나.

막율은 후자에 가능성을 두었다. 아니, 거의 전적으로 확신했다.

'이건 무공이 아니야.'

무공엔 태생적 한계가 있다. 그 한계는 그 어떤 방법으로도 결코 넘어설 수 없는 벽이었다.

조각난 낭도의 몸은 무공이 아닌 다른 것에 의한 것이다.

그것이 무엇인지 확신할 순 없다. 하지만 짐작되는 것은 분명 있었다.

'술법……'

그러나 광령문의 술법은 아니다.

광령문은 압력을 사용하지 않는다. 술법을 통한 압력으로 상대를 공격하는 곳은 지령문이었다.

그리고 또 한 곳.

'풍령문!'

막율의 눈빛이 기이하게 변했다.

풍령문의 전인이 광령문의 원사들과 함께 나타난다?

전혀 가능성이 없는 이야기였다.

게다가 풍령문의 전인은 삼 년 전 큰 부상을 입고 사라져 지금껏 나타나지 않고 있지 않은가?

세 문파 모두 이미 그가 죽은 것이라 결론을 내렸기에 이처럼 갈라져 서로를 향해 칼을 겨누고 있는 것이다.

그런데 풍령문의 술법이라니…….

"으음……."

막율은 낮게 침음했다. 머릿속이 복잡했다.

놈의 정체가 무엇이든 이것은 변수였다, 생각지도 못한.

수령문에게만이 아니다. 모두에게 영향을 끼칠 만한 변수가 나타난 것이다.

"놈들은 지금 어디 있느냐?"

막율은 낭도를 향해 물었다.

"무당산을 벗어나 방현(房縣)으로 향하고 있습니다."

"서남쪽이라… 당가로군."

당장에라도 뒤를 쫓고 싶다. 그래서 낭도를 이렇게 만든 자의 정체를 확실히 알고 싶었다.

하지만 그럴 수 없었다. 그보다 무당을 지키는 것이 시급하고도 중요했다.

또 다른 광령문도들이 이곳을 향해 오고 있었다.

이제 무당은 본격적인 싸움의 서막을 알리는 장소가 될 것이다.

그것은 처음부터 예상하고 의도했던 것이기에 놀랄 것은 전혀 없었다.

그런데 신경이 쓰이는 일이 생긴 것이다. 현재로선 이 일은 광령문이 아닌, 수령문 쪽에서만 골칫거리였다.

'계획보다 서둘러 이곳의 일을 정리해야겠군.'

생각을 굳힌 그는 낭도에게 명했다.

"지금 즉시 본 문에 연락하여 현재 머물고 있는 낭도 모두를 무당으로 파견하라 일러라."

"예! 총령."

속전을 위해선 연막이 더 필요했다. 낭도들은 연막. 진짜는 따로 있다.

상대는 태광원의 원주 장청원이다.

광령문주의 충복, 그러나 그 지닌바 힘은 추측불가.

그러나 두렵지는 않다.

지금까지 세 문파 가운데서 실질적인 종주 노릇을 해온 광령문이지만, 이제는 사정이 달라졌다.

수령문은 강해졌다. 물론 광령문도 강해졌지만 수령문은 더욱 강해졌다.

광령문은 아직 그것을 모른다. 천여 년간 감춰왔기 때문이다. 짐작만 하고 있을 뿐이다.

그러나 아는 것과 짐작은 천양지차.

그들의 대처는 짐작의 수준에서 그칠 수밖에 없음이다.

이번이야말로 그들의 짐작을 확실하게 확인시켜 주는 계기가 될 터였다.

'진무영… 네놈의 오만한 얼굴이 구겨지는 것을 보고 싶

구나!'

막율의 얼굴에 음산한 미소가 그려졌다.

          *   *   *

무당산을 벗어난 관우는 흥산(興山)에 이르렀다.

흥산 남쪽엔 서릉협(西陵峽)이 있었다. 호광과 사천의 경계이자 장강삼협의 종착점이었다.

거기서부터는 배를 타고 사천으로 이동할 계획이었다.

서릉협으로 이동하는 내내 관우의 머릿속은 무당에서 있었던 낭도와의 싸움으로 가득했다.

세 개의 마음, 그리고 두 개의 섭풍술.

시도는 실패도 아니고 성공도 아니었다. 굳이 말하자면 절반의 성공이었다.

일단 시도 자체가 의도대로 된 점과 자신의 정체가 드러나지 않았다는 점에선 성공이었다. 그러나 결과적으로 정신을 잃었다는 점에선 실패였다.

싸움의 와중에 정신을 잃었다는 건 곧 죽음을 의미했다.

이번엔 삼휘가 자신을 챙겨준 것에 불과했다. 그야말로 운이 좋았을 뿐이다.

하지만 다음에도 운이 좋을 거란 보장은 없었다.

결국 스스로 모든 것을 해결해야 했다.

정신을 잃은 것은 섭풍술의 수위조절을 제대로 해내지 못한 까닭이다.

그만큼 상황이 급박하기도 했지만, 처음이라 확신이 없어서이기도 했다.

그러나 결론적으로는 너무 과도하게 풍기를 사용한 것이 되었다. 그 상황에서 오 할 이상을 사용할 필요까진 없었던 것이다.

'지금으로선 삼 할이 적정이다. 한계는 사 할……'

어쨌든 강호인이 아닌 술법을 지닌 자와의 첫 싸움이었다.

그리고 그를 죽였다, 풍령문의 섭풍술로써.

관우는 이제야 드디어 자신의 사명을 향한 첫걸음이 시작되었음을 실감했다.

앞으로는 그보다 더한 싸움이 자신을 기다릴 것이며, 더한 위기와 어려움도 찾아올 것이다.

하지만… 하지만 여전히 자신은 완전하지 않다.

자신의 몸속에 있는 풍령은 아직도 스스로가 만든 철창 안에 갇혀 있었다.

언제든 그것을 깨부술 수 있고, 언제든 뛰쳐나올 수 있음에도 풍령은 나오지 않고 있다.

마치 자신을 향해 '너는 나를 감당할 수 없어'라고 조롱하듯 말이다.

그런 생각이 들 때마다 관우는 말할 수 없는 답답함을 느꼈다.

왜 내가 이런 운명을 살아야만 하는가!

왜 하늘은 나를 택하고도 내게 확실한 방법과 길을 보여주지 아니 하는가!

"…하늘을 원망치 말거라."

무애가 자신에게 남긴 이 한마디가 어김없이 뇌리를 스치고 지나간다.

"…모든 것은 하늘이 책임지실 것이다."

사부의 마지막 음성도 귓가에 또렷하다.

'하늘! 하늘……!'

고개를 들어 크게 부르짖고 싶은 마음을 억누를 수 있는 것은 바로 이들 덕분이었다.

"포구가 보인다. 서둘러라."

삼휘의 음성에 관우는 상념을 깨고 시선을 들었다.

멀리 넘실거리는 커다란 물줄기가 보인다. 대하(大河), 장강이었다.

그 한쪽에는 크고 작은 배들이 정박해 있는 모습이 보였고, 몇몇 배들이 장강의 물줄기를 따라 이동하는 모습도 보였다.

두두두……!

삼휘가 말을 재촉하며 앞서 나갔다.

무당에서의 일전 이후 그는 전면으로 나서서 군무단을 지휘

했다. 덕분에 관우는 할 일이 없어졌다. 그저 사색하며 당하연
과 대화를 나누는 것이 고작이었다.

'무당은 어찌 되었을까?'

문득 궁금한 생각이 든 관우였다.

삼휘는 무당이 곧 광령문의 손에 의해 강호에서 자취를 감
추게 될 것이라고 확언했다.

물론 광령문이 작정하면 그렇게 될 것이다. 하지만 지금 무
당엔 수령문이 버티고 있었다.

수령문은 광령문이 무당을 찾아올 것을 예상하고 먼저 와서
기다리고 있었다. 그런 그들이 과연 쉽게 무당을 내줄까 하는
것은 의문이었다.

광령문이 작정하고 무당을 친다.

수령문도 작정하고 이를 방어한다.

그렇다면 그 결과는 예측불허가 아닐까?

그들 사이에 애꿎은 무당이 끼었다는 사실은 안타까운 일이
지만, 이미 세 문파의 먹고 먹히는 싸움판에 뛰어든 관우로선
자못 흥미로운 일이 아닐 수 없었다.

"오라버니, 무슨 생각을 그렇게 골똘히 해?"

삼휘를 따라 속도를 높이던 당하연이 관우의 곁에 이르렀
다.

관우는 여전히 시선을 장강의 물줄기에 둔 채로 입을 열었
다.

"연 매, 저 물결은 어디로 흘러갈까?"

당하연은 물결을 바라보며 대답했다.

"글쎄, 결국은 바다로 흘러가지 않을까?"

"바다… 그다음엔?"

"음… 근데 그건 왜 묻는 거야?"

"내 처지가 꼭 저 물결 같다는 생각이 들어. 가긴 가는데, 어디로 가는지를 몰라. 그저 흐르는 대로 갈 뿐이지."

"오라버니……."

당하연의 표정이 어두워졌다.

말할 수 없는 고독과 답답함을 관우는 감당하고 있었다.

그것을 얼마 전에야 비로소 알게 된 그녀다. 그마저 조금뿐이지만…….

하지만 관우는 그것을 누구에게도 내색하지 않았다. 그저 홀로 이겨낼 뿐이었다.

그런데 지금 아주 약간이나마 자신 앞에서 그것을 내비치고 있는 것이다.

그녀는 안타까움과 함께 기쁨도 느꼈다.

관우에게 자신이 어떤 존재인가를 확인할 수 있었기 때문이다.

또한 한편으론 자신이 마음에 품은 사내가 보통 사내와는 다르다는 것을 새삼 느끼게 되었다.

관우는 바람이었다. 제세의 사명을 짊어진 바람.

'강하고 성숙한 여인이 되어주겠어.'

강한 여인이 되어 앞으로 일어날 그 어떤 일에도 꿋꿋이 관우의 곁을 지킬 수 있는 마음을 가져야 했다.

성숙한 여인이 되어 고독과 답답함에 지친 관우의 마음을 보듬어줄 수 있어야 한다.

당하연은 허허로운 관우의 눈빛을 바라보며 마음을 다잡았다.

포구에 이른 일행은 타고 온 말을 버리고 배에 올라탔다.

배는 돛이 세 개가 달린 중형 사선(沙船)이었다. 장강삼협의 거센 물줄기를 작은 배로 지나는 것은 화를 자초하는 일이기에 포구에 있던 배들 중 가장 크고 견고한 배를 택한 것이다.

일행은 모두 선실에 들어가 여독을 달랬다.

서릉협에서 여울이 많고 물살이 세기로 이름난 곳은 뱃길이 아닌 곳에 있었기에 아직까진 비교적 편안하게 쉴 수 있는 여건이었다.

당하연의 곁에서 쉬고 있던 관우는 그녀가 잠이 들자 조심스럽게 일어나 선실 바깥으로 나왔다.

좌아아!

바람과 합쳐진 거센 물살 소리가 귀를 괴롭혔다.

좌우에 버티고 선 절벽은 마치 단칼에 베인 듯 매끈하기가 그지없고, 치솟은 절봉들이 개선장군처럼 그 위용을 뽐내는 듯하였다.

천하제일의 경관으로 손꼽히는 장강삼협.

그러나 절경을 대하는 이의 마음치고는 큰 감흥이 일지 않는 관우였다.

"가히 장관이로군요."

누군가 선실에서 나오며 음성을 발했다.

관우는 그가 누구인지 이미 알고 있었던 듯 돌아보지 않았다.

"본 문이 있는 곳과는 또 다른 맛이 느껴지는 절경입니다."

관우의 곁에 다가선 지백천은 관우와 같은 곳을 바라보며 말을 이었다.

"본 문이 있는 곳은 형형색색의 풍광을 자랑하고 있습니다. 그런 곳에 아직까지 사람의 발길이 잘 닿지 않음이 신기할 따름이지요."

대답없는 관우를 지백천이 나직하게 불렀다.

"단주."

"말하시오."

"배를 타기 전 본 문에서 연통을 받았습니다."

관우는 지백천이 무슨 말을 하려는지 이미 짐작하고 있었다. 위탕복의 몽예력 덕분이다.

"독수리가 앉아 있던 나뭇가지가 떨어져 나갔습니다. 오늘 단주께선 믿던 바를 잃게 될 것입니다."

믿던 바를 잃게 된다.

그 이야기를 전해 듣는 순간 머릿속에 떠오르는 것이 있었다.

그리고 그 떠오른 것이 지금 현실이 되고 있었다.

"죄송합니다. 본 문은 더 이상 단주를 돕지 못할 듯싶습니다."

"……."

촤아아…….

긴 침묵이 이어졌다.

두 사람은 여전히 같은 곳을 바라보고 있었다.

이윽고 관우가 굳게 닫고 있던 입을 열었다.

"바로 지금과 같을 것이오, 귀 문과 나의 관계는."

지백천은 관우에게 시선을 돌렸다.

"같은 배를 탔고, 같은 곳을 바라보고 있소. 그러나 그 생각하는 바가 다르고, 서로 묻지도, 대답치도 않을 것이오."

"……."

지백천은 관우의 음성에서 일말의 아쉬움도 묻어나지 않음을 느끼며 관우가 이미 마음의 준비를 하고 있었음을 알았다.

"단주의 말은 새겨듣겠습니다."

광령문 등 세 문파를 저지하려는 목적은 같다. 그러나 그 방도가 다르다.

관우는 장차 자신과 천문과의 관계를 그렇게 정의하고 있었다.

"언제 떠날 것이오?"

"배가 뭍에 닿는 대로 떠나겠습니다."

"삼휘에겐 내가 이야기해 주겠소."

"고맙습니다."

"귀 문의 건투를 빌겠소."

그것이 마지막이었다.

지백천은 예를 갖춘 뒤 다시 선실로 사라졌다.

관우는 여전히 갑판 위에 서 있었다.

이젠 조치성과 양설지, 양사동의 얼굴을 다신 보지 못할지도 모른다.

얼굴에 떠오른 쓸쓸함.

그러나 그 위로 뜨거운 의지가 엿보였다.

그것은 힘이었다. 가슴속에서 들끓는 힘.

오히려 혼자가 되니 더욱 그것이 용솟음치는 듯했다.

본래 자신의 성향과 기질이 홀로 서는 것에 익숙해하거나 흥미를 느끼는 쪽이 아닐까 하는 생각이 들 정도였다.

하지만 생각해 보면 딱히 혼자도 아니었다.

자신의 곁에는 당하연이 있었다. 그리고 군무단원들도 있었다.

'군무단……'

관우는 지백천을 제외한 군무단원 사 인의 면면을 떠올렸다.

이들의 힘을 합치면 강호의 그 어떤 세력과도 일전을 치를 수 있을 만했다. 그만큼 이들 사 인의 지난바 능력은 특이하고도 경이로웠다.

위탕복의 몽예력, 소광륵과 포랍의 무력, 그리고 하오문주 모용란의 정보력까지.

경우에 따라선 강호를 도모할 수도 있을, 그런 힘이었다.

그러나 상대는 강호가 아니었다.

무공이 아닌 술법을 펼치는 자들이었다.

영력.

이들에겐 그것이 필요했다.

술법에 대항할 수 있는 힘 말이다.

군무단주가 된 뒤 관우는 그에 관한 방도를 여러 경로를 통해 찾아왔다.

그 과정에서 얻은 결론은 하나, 영력이 깃든 무공을 찾아 단원들에게 익히게 하는 것이었다.

하지만 그 무공은 소림의 것도, 무당의 것도, 천문의 것도 아니어야 했다. 즉, 중원의 무공, 익히 알려진 무공이 아니어야 한다는 뜻이다.

결국 새외, 중원의 변방으로 눈을 돌려야 했다.

초점은 비교적 강한 영력을 가졌을 만한 불도와 선도에 연원을 둔 곳이었다.

그렇게 해서 찾은 곳이 바로 두 곳.

대설산의 곤륜파(崑崙派)와 천축의 뇌음사(雷音寺)였다.

신선과 활불이 산다고 여겨질 정도로 아직까지 중원인들에겐 신비에 싸인 곳.

두 곳 모두 그 존재만이 확실할 뿐, 중원 무림과는 별다른 교류가 없는 곳이기도 했다.

관우가 특별히 이 두 곳을 점찍은 데에는 그만한 이유가 있었다.

곤륜파는 중원에 뿌리내린 선도 무학의 원류라 할 수 있는 곳이고, 뇌음사는 불도 무학의 근원이라 할 수 있는 곳이었다.

선도와 불도의 원류와 근원…….

관우는 그런 곳들이라면 중원의 것들보다 뛰어난 영력이 담긴 무공을 간직하고 있을지도 모른다는 기대를 가졌다.

세월이 흐를수록 무공이 더욱 강해지고 정교해질 수는 있다. 그러나 그에 반하여 본시 추구했던 것은 흐려지거나 약해질 수 있는 것이다.

중원에 있는 불도와 선도의 무학이 바로 그런 상태에 있음을 관우는 잘 알고 있었다. 소림과 무당의 무학만이 그나마 그 원류를 간신히 유지하고 있는 정도였다.

그렇기에 세상과 큰 교류가 없었던 곤륜파와 뇌음사는 비교적 순수한 무공, 즉 본시 선도와 불도의 무학이 담고 있던 영력을 크게 잃지 않은 무공을 간직하고 있을 거라 여긴 것이다.

'조금 서둘러야 할지도…….'

관우는 두 곳의 무공을 계획보다 빨리 취해야 할 필요를 느꼈다.

처얼썩!

배의 요동이 금세 심해졌다.

물결이 점점 거칠어지고 있었다.

앞을 보니 강의 폭이 상당히 좁혀지고 있는 것이 보였다. 서릉협의 구간이 끝나고, 이제 일행을 태운 배는 서서히 장강삼협 중 가장 험하다는 무협(巫峽)에 들어서고 있었던 것이다.

우르릉! 쿠그그그……!

저 멀리서 우레가 울었다. 시커먼 구름이 조금씩 다가오고 있었다.

그것을 본 관우의 미간에 살짝 주름이 그어졌다.

예감이 좋지 않았다.

선실로 들어온 관우는 삼휘를 찾았다. 삼휘는 오휘의 곁에서 그를 돌보고 있었다. 많이 나아지긴 했으나, 오휘의 상태는 아직 완전하지 않았다.

"무슨 일인가?"

삼휘는 관우가 자신을 찾아온 것에 생각 외로 놀란 기색을 보였다. 하지만 관우는 그것을 무시하며 입을 열었다.

"신의가 나를 찾아와 군무단을 떠나겠다 하더군."

"그래서?"

"나는 그를 가게 할 것이다."

삼휘는 관우를 가만히 응시하더니 입을 열었다.

"군무단을 떠나는 것은 상관없다. 그러나 본 문을 등지는 것은 용납할 수 없다."

"그는 처음부터 광령문에 귀속된 자가 아니었다."

"본 문에 귀속되었는지 여부는 본 문이 결정한다."

"군무단원에 대한 생살여탈권은 내가 가지고 있다."

순간, 삼휘의 얼굴이 미간에서부터 광채를 흩뿌렸다.

"너의 생사는 내게 달려 있다는 것을 명심해라."

관우는 재빨리 무계심결을 운용하여 두 눈을 광채로부터 보호함과 동시에 담담히 대꾸했다.

"다시 말하지만 그는 어디에도 얽매이지 않고 민초들을 돌보며 사는 것을 낙으로 삼는 자다. 나는 그가 그 일을 계속하길 원한다."

"그러면 너는 내 손에 죽어야 할 거다."

"삼휘, 그대는 나를 죽일 수 없다. 적어도 지금은."

"……!"

삼휘의 미간에 떠오른 빛이 크게 일렁였다.

"…무슨 뜻이냐?"

"오휘의 상태도 온전치 못한 상황에서 그대를 제외하면 저들과 맞서 싸울 수 있는 자는 나 하나뿐이기 때문이다."

삼휘는 관우를 노려봤다. 끔찍한 살기가 관우의 전신을 압박했다. 무공에 의한, 술법에 의한 것도 아닌, 순수한 살기였다.

"어떻게 알았지?"

"절벽 위에 있는 자들을 보았을 뿐이다."

"칠백 장이 넘는 거리다. 그것을 네가 눈으로 보았을 리가 없다."

"여전히 무공을 과소평가하는군. 칠백 장은 본 문의 무공으로도 충분히 볼 수 있는 거리다."

"……."

삼휘는 침묵했다. 그러나 살기는 더욱 강해졌다.

관우는 지금 자신을 속이고 있었다. 분명 그런 느낌이다.

정체마저 확실치 않은 자.

소문주는 왜 이런 자를 수하로 두었을까? 감시마저 붙이면서까지 말이다.

삼휘는 진무영의 의중을 이해할 수 없었다.

직접 대면해 본 관우는 결코 평범하지 않은 자였다.

신중하면서도 냉철함을 지녔다.

잔잔한 듯하면서도 그 안에는 언제든 폭발할 수 있는 힘이 도사리고 있었다.

그래서 쉽게 상대할 수가 없다. 도무지 속을 알 수가 없는 것이다.

관우는 위험한 자였다.

그리고 그러한 생각은 무당에서의 싸움 이후에 더욱 확고해졌다.

비록 정신을 잃긴 했지만, 단신으로 수령문의 낭도를 죽인 것은 꿈에도 예상치 못한 일이었다. 그것도 무참히 갈가리 찢어 죽였다.

차마 입 밖으로 내뱉지는 못했지만, 시신이 그와 같이 되었다는 건 두 사람의 힘의 차이가 현저했다는 증거였다.

어떻게 그럴 수가 있는가? 한낱 무공을 익힌 주제에…….

그리고 이번 일 또한 그렇다.

사실 삼휘는 먼저 관우를 부르려던 참이었다.

어떠한 기운을 감지했기 때문이다. 그것은 매우 익숙하면서도 의외의 기운이었다.

익숙하다 함은 그것이 땅, 즉 지령문도들이 내뿜는 기운이기 때문이며, 의외라 함은 지금 이곳에 그들이 나타났다는 사실 때문이었다.

수령문도들이 나타났다면 당연하다 여겼을 것이나, 돌연 지령문이 등장한 것은 진정 뜻밖이었다. 항상 지령문은 광령문과 수령문의 뒤에서만 움직여 왔었다.

그렇기에 그들이 이처럼 빨리 움직일 줄은 그는 물론이고, 진무영 또한 예상치 못한 일이었다.

지령문이 지금까지와는 달리 빠르게 움직인다는 것은 여러모로 주목할 부분이 많았다.

우선 가장 쉽게 생각할 수 있는 것은, 그만큼 자신이 있다는 뜻이었다. 광령문과 수령문에 정면으로 부딪쳐도 지지 않을 자신 말이다.

이것은 결코 간단치 않은 문제였다. 수령문이 무당에서 미리 자신들을 기다리고 있었던 일보다 더욱 중대한 일이었다.

그러나 당장 무엇보다 가장 큰 문제는 저들을 물리치는 일.

그래서 관우를 부르려 했다. 영력이 없는 나머지 군무단원은 그야말로 없는 것과 다를 바가 없는 존재였던 것이다.

그런데 관우는 그것 또한 정확히 간파하고 자신을 겁박하고 있었다.

말했듯이 저들의 기운이 감지되는 곳은 여기서 칠백여 장이나 떨어진 절벽 위였다.

그런데 관우가 그것을 보았단다.

무공, 아니, 인간의 시력으론 절대 불가능한 일이었다. 설혹 뭔가 움직이는 것을 보았다 한들, 그것이 적인지 아닌지 구분한다는 것은 어불성설이었다.

그것을 구분하려면 어떠한 기운을 느껴야만 하는데, 아무리 영력이 뛰어난 무공이라도 그만한 감지력을 가질 수는 없었다.

'철저하게 나를 우롱하고 있다.'

삼휘가 내린 결론이었다. 관우는 어쩌면 자신의 이러한 혼란까지 즐기고 있는지도 모른다는 생각이 들었다.

"서로 간에 쓸데없는 말싸움은 그만두기로 하는 것이 어떤가? 신의가 떠나는 문제는 중요하지 않다. 그보다 저들을 어찌 상대할지 대책을 논하는 것이 좋지 않을까?"

관우는 자신있게 치고 들어왔다.

마치 '내가 없으면 놈들을 어떻게 상대할 거냐?' 하는 식이었다.

"나를 자극하지 마라. 이 자리에서 당장 너를 태워 죽일 수도 있다."

삼휘는 마지막 경고를 발했다. 더 이상은 관우의 꼿꼿한 태도를 좌시하지 않을 것임을 분명히 한 것이다.

그러나 관우는 요지부동이었다.

"나를 죽이려 드는 순간 너 역시 무사치는 못한다. 내게 그만한 힘이 있음은 너도 잘 알 것이다. 하나 그런 일은 일어나지 않을 거라 믿는다. 우리가 모두 이곳에서 죽는다면 소문주는 필시 우리가 수령문의 손에 죽은 거라 여길 터, 너는 반드시 살아남아 저들, 지령문이 움직였음을 소문주께 알려야 할 책임이 있으니 말이다."

"······!"

정확했다.

관우는 정확한 상황 판단으로 확실하게 자신의 약점을 파고들었다.

하지만 더욱 놀라운 것은 저들의 정체가 지령문이라는 것까지 관우가 알고 있다는 사실이었다.

놀라움을 넘어 일말의 두려움마저 느낀 삼휘의 입에서 한마디가 흘러나왔다.

"너는··· 도대체 누구냐?"

참으로 어리석은 질문이었다. 그러나 삼휘는 후회하지 않았다. 후회할 겨를이 없었다. 그만큼 궁금했다. 속에서부터 저절로 솟구친 질문인 것이다.

관우는 여전히 태연하게, 그러나 전보다 힘있는 음성으로 대답했다.

"너와 한 배를 탄 동료, 지금으로선 이것이 가장 확실한 대답이겠지."

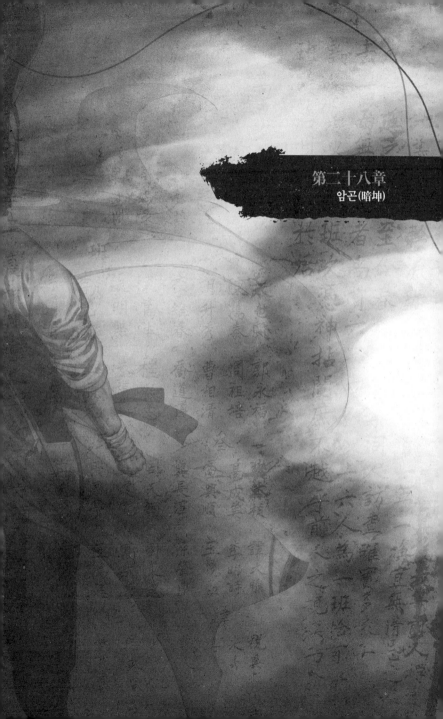

第二十八章
암곤(暗坤)

風神遺事

끼이익! 처얼썩!

매서운 바람에 배가 앞뒤로 요동치기 시작했다.

폭이 십 장도 되지 않는 좁은 협곡에 들어서자마자 일행을 태운 배는 빠르게 물 위를 질주하기 시작했다.

우릉! 꽝!

뇌성벽력과 함께 굵은 빗줄기마저 퍼붓는 최악의 상황.

시커먼 하늘에서 한줄기 벼락이 내리쳤다.

번쩍!

그리고 바로 그 순간, 배 위에서 뭔가가 뛰쳐나왔다. 인영이었다.

인영은 단숨에 절벽 아래에 착지하더니 곧장 절벽 틈에 난

길로 사라졌다.

잠시 뒤, 사라진 인영이 다시 나타난 곳은 봉우리 중간의 수풀이었다.

인영은 수풀 속을 헤집으며 쾌속하게 내달리기 시작했다.

좁은 숲길을 따라 계속해서 위로 올라가던 인영은 어느 순간 우뚝 멈추어 섰다.

빠직!

다시 한 번 떠오른 섬광에 인영의 얼굴이 얼핏 보였다. 그것은 다름 아닌 관우의 것이었다.

주변을 두리번거리던 관우는 이윽고 한곳에 시선을 고정시켰다.

저만치 떨어진 봉우리 위에 몇몇 인영이 서 있었다. 그들과의 거리는 백 장여.

무협을 이루는 무산은 모두 열두 봉우리로 되어 있다.

그중 여섯은 남쪽, 나머지 여섯은 북쪽에 위치해 있었다.

인영들의 수는 남쪽 봉우리에 셋, 북쪽에 셋, 도합 여섯이었다.

관우는 이중 남쪽에 있는 자들을 해치우기 위해 배에서 뛰어내렸다.

이는 삼휘와 논의를 거친 결과이자, 관우 자신이 자처한 것이기도 했다.

삼휘는 정면 승부로는 지령문의 문도 여섯을 감당할 수 없을 거라 말했고, 관우 역시 이에 동의했다.

그리고 관우는 삼휘에게 말했다.

"내가 배에서 내려 저들의 시선을 분산시키겠다."

저들은 위에 있고, 자유롭다. 그러나 이쪽은 배 위, 그것도 좁은 곳에 갇혀 있는 상태.

이런 상황에선 이쪽이 절대적으로 불리하다.

게다가 저들은 땅의 기운을 이용하는 지령문. 어떤 식으로 공격을 해올지 예측할 수가 없었다.

그렇기에 저들의 시선을 분산시킬 필요가 있었다.

관우는 바로 그런 역할을 자처했다.

저들의 시선을 자신에게 돌림으로써 일행이 탄 배가 안전하게 빠져나갈 수 있게 해야 할 임무를 맡은 것이다.

처음에 삼휘는 쉽게 응낙하지 않았다. 관우를 믿지 못해서였다. 관우의 말 자체를 못 믿는 것이 아니라, 관우의 실력을 믿지 못했다.

그러나 관우의 두 눈에서 피어오른 강렬한 의지와 전신에서 뿜어져 나오는 압도적인 기세를 느낀 그는 결국 관우의 뜻을 따랐다.

두려워서가 아니었다. '어쩌면……?' 이라는 작은 믿음이 자신도 모르게 생겼기 때문이다.

관우 혼자 지령문의 문도 여섯을 상대한다?

말이 되지 않았다. 하지만 삼휘는 일말의 기대를 가질 수밖에 없었다.

사실상 다른 방도가 있는 것도 아니었다. 태광원의 원사인 삼휘 역시 혼자서 저들 여섯을 감당할 순 없었다. 최악의 경우, 방도가 있긴 했지만……

관우는 대정기를 끌어올려 인영들을 자세히 살폈다. 어둠과 빗줄기를 뚫고 인영들의 면면이 눈에 들어왔다.

순간 관우의 눈이 커졌다.

'하나가 없다!'

분명 셋이어야 하는데 보이는 자가 둘뿐이다. 한 명이 그새 사라졌다는 뜻이었다.

'근처에 있다!'

관우는 황급히 초의분심공을 발동했다. 섭풍술과 무계심결이 동시에 운용되기 시작했다.

나눈 마음은 둘. 셋이 아니다. 관우는 이번 싸움에 두 개의 섭풍술을 펼칠 생각이 없었다.

시선을 분산시키는 역할을 자처한 이유 중 하나가 바로 여기에 있었다.

삼휘와 오휘는 배 안에 있다. 자신을 볼 수 있는 자들은 아무도 없었다.

지령문의 문도들이 있지만, 그들은 죽여야 할 적이다.

관우는 그들을 죽일 것이다. 그러기 위해 배에서 내렸다. 죽은 자는 자신의 정체를 알아챌 수 없다.

게다가 매섭게 몰아치고 있는 풍우(風雨).

섭풍술을 마음 놓고 펼치기엔 최적의 조건이었다.

쉬웟!

바람이 관우의 전신을 휘감았다.

그것은 곧 보이지 않는 막이 되어 주변을 차단시켰다.

빗줄기는 더 이상 관우의 몸에 닿지 못했다.

그 상태로 관우는 정신을 집중했다.

십 장 밖.

기운이 느껴졌다. 땅의 기운… 사라진 한 명이었다.

그러나 그의 모습은 보이지 않았다. 분명 무언가로 자신을 감추고 있음이 틀림없었다.

기운은 그 자리에서 조금도 움직이지 않고 있었다. 그 역시 관우를 볼 수 없기 때문이리라.

관우는 풍벽진의 원리대로 자신을 숨겼다. 때문에 외부에서는 관우의 모습을 전혀 볼 수 없었다.

또한 저쪽에선 바람의 기운조차 감지할 수 없으니, 갑자기 사라진 관우로 인해 적지 않게 당황하고 있을 터였다.

'바위 뒤다!'

관우는 절벽 가까이에 솟은 바위를 향해 몸을 날렸다. 그야말로 날았다고 하는 것이 옳았다.

한줄기 바람이 그곳으로 불었고, 그와 동시에 족히 천 근은 되어 보이는 바위가 크게 요동쳤다.

그그그……!

바위가 위로 솟구치자마자 관우는 그 속으로 재빨리 검을 찔러 넣었다.

그러나 그 순간!

꽝!

솟구쳤던 바위가 폭발하듯 갈라지며 무수한 석편이 시야를
어지럽혔다.

관우의 검은 허공을 갈랐고, 그 와중에 관우는 전방에 있는
한 인영의 모습을 보았다.

그의 얼굴은 경악으로 가득 차 있었다.

"바람……?"

인영의 것으로 여겨지는 음성이 들려온 찰나.

관우는 황급히 땅을 박차 몸을 솟구쳤다.

방금까지 서 있던 땅이 불쑥 위로 솟아올랐다.

'육조력!'

광령문의 광파, 수령문의 능수기에 이어 지령문의 대표적
술법마저 경험하게 되는 순간이었다.

쿠구구구……!

관우는 신형을 뒤로 뺐다. 그러나 땅은 마치 파도가 치듯 관
우가 지나치는 곳마다 연이어 불쑥불쑥 튀어 올랐다.

인영과의 거리가 점점 멀어진다.

'으음……!'

관우는 깊게 침음했다.

멀어져선 곤란했다. 지금 이용하는 풍기는 삼 할.

삼 할의 풍기로는 인영을 죽일 수 없었다. 그렇다고 삼 할

이상의 풍기를 사용하는 것은 무리였다. 죽여야 할 적이 아직도 다섯이나 남았기 때문이다.

결국 적의 숨통을 끊는 것은 무계심결을 운용한 천조검이어야 했다. 지금으로선 섭풍술은 저들의 술법으로부터 자신을 방어하고 공격을 돕는 수단, 그 이상은 될 수 없었다.

그그그!

발아래 모든 땅이 춤을 추는 듯했다. 땅의 요동은 더욱 강해져, 오 장 높이까지 치솟고 있었다.

이 같은 상황에서 관우는 감히 땅에 발을 디딜 엄두를 내지 못하고 공중에서 연달아 신형을 뒤집을 수밖에 없었다.

그러자니 진기의 소모가 극심했다. 조금의 쉴 틈도 없이 대정기가 온몸을 떠받쳐야 했기 때문이다.

"차압!"

관우는 결단과 함께 기합을 토해냈다.

빛을 머금은 검이 큰 호선을 그리며 대지를 갈랐다.

콰콰콰쾅……!

굉음과 함께 숫구치던 땅이 반으로 쪼개졌다.

그 사이로 술법을 펼치는 인영의 모습이 관우의 눈에 들어왔다.

두 눈에서 백광이 폭사되는 순간, 관우의 신형은 빛살이 되어 인영을 향해 쏘아져 나갔다.

그것을 본 인영은 두 눈을 부릅뜨며 어지럽게 양손을 교차시켰다.

그러자 놀랍게도 반으로 쪼개졌던 땅이 다시 합쳐지며 관우의 앞을 막아서려 했다.

"하압!"

관우의 장소성이 공간을 떨어 울렸다.

그리고 그 여운이 다 가시지 않은 사이.

또다시 허공에 하얀 호선이 그어졌고, 곧 요동치던 땅이 잠잠해졌다.

인영의 대처는 늦었고, 관우는 그의 예상보다 빨랐다.

이미 고혼이 된 인영을 뒤로하고 관우는 지체없이 몸을 날렸다. 저쪽 봉우리에 있던 나머지 둘이 이쪽을 향해 날아오고 있는 모습이 보였다.

폭우를 가로지르는 그들 사이로 바람이 불어 닥쳤다.

보이지 않는 그 바람을 향해 그들은 동시에 손을 뻗쳤다. 그들의 손에서 기이한 기운이 뻗어 나왔다.

그 기운은 근방의 땅과 나무, 모든 수풀과 연계되어 더욱 더 거대해지고 있었다.

지기(地氣)!

땅에 근거를 둔 모든 것들의 기운을 받은 그것은 사방에서 바람을 가두려 했다.

결국 바람이 갇히고 조금씩 소멸되려 하는 즈음, 육조력을 펼치던 둘의 표정이 급변했다.

'속았다!'

그들은 또 다른 바람을 느낄 수 있었다. 너무도 미약하여 지척에 이를 때까지 감지하지도 못한 바람.

푹! 푸욱⋯⋯!

그들의 움직임은 그대로 멈췄고, 곧 맥없이 아래로 추락하기 시작했다.

절봉 위에 널브러진 그들의 시신 곁에 관우가 모습을 드러냈다.

처음엔 흐릿하던 형상이 점점 또렷하게 바뀌었다.

'운이 좋았다.'

암곤(暗坤).

상대하기 까다로운 이들을 비교적 수월하게 해치운 것은 혼란을 주기 위해 불러낸 바람에 이들이 속아준 덕분이었다.

지령문의 술사들은 암곤으로 불렸다.

어두운 땅. 보이지 않는 자들이었다.

암곤들 중 눈앞에 있는 자들은 곤황(坤黃). 입고 있는 황의가 그것을 말해줬다. 암곤들은 항시 셋씩 짝을 이루어 움직였다.

지령문 전체가 그렇듯, 암곤들은 정체를 잘 드러내지 않는다.

그러나 이들 셋은 관우를 얕보았다. 아니, 관우가 누구인지 몰라서 그러하였을 것이다. 단순히 무공을 익힌 자로만 여겼을 테니까.

뒤늦게 알아차렸을 때 역시 대처가 미숙했다.

주기는 이백 년.

각 주기가 도래할 때마다 힘은 강해질지 몰라도, 풍령문의 전인을 상대해 본 경험이 있는 자가 있을 리 만무했다. 전해지는 말과 기록으로만 인지하고 있을 뿐이었다.

게다가 그들은 광령문의 윈사들과 무공을 익힌 자들만을 상대로 생각하고 왔지, 풍령문의 전인이 자신들의 상대가 될 줄은 꿈에도 생각지 못했을 터.

바로 그것이 관우에게 유리하게 작용했던 것이다.

그러나 이 같은 운이 계속해서 이어진다는 보장은 없었다.

남은 세 암곤은 자신의 동료들이 당한 것을 알고 잔뜩 경계심을 가질 것이 분명하기 때문이다.

관우는 눈을 들어 건너편 봉우리를 바라봤다.

그들은 벌써 움직임을 보이고 있었다. 이쪽에 불상사가 생긴 것을 알아차린 것이다.

하지만 관우는 지금까지와 달리 서두르지 않았다.

이미 저들이 계획했던 일은 틀어졌다. 이제 저들의 시선은 자신에게 고정되었고, 일행이 탄 배는 안전할 것이다.

이런 상황에서 자신이 할 일은 가장 확실하고도 안전하게 저들을 해치우는 것뿐이었다.

그러자면 최대한 은밀히 저들에게 접근해야 한다.

물론 쉽진 않을 것이다. 그러나 관우는 해볼 만하다는 자신이 있었다.

자신이 가진 한계 내에서 조금씩 저들을 상대하는 법을 깨우쳐 가고 있는 관우였다.

　　　　　*　　　　　*　　　　　*

　"곤황들의 기가 모두 사라졌다."

　짙은 흑의를 걸친 자들, 곤흑(坤黑) 중 좌흑이 입을 열었다.

　눈동자가 보이지 않는 그의 두 눈은 묵빛으로 물들어 있었
다.

　"무공이 아닌가?"

　우흑이 혼잣말처럼 중얼거렸다.

　그의 말에 셋 중 중앙에 선 자, 선흑이 고개를 저었다.

　"분명 무공이다. 곤황들의 숨이 끊어진 것은 모두 무공에 의
해서였다."

　"하지만 있을 수 없는 일이다."

　"나도 그렇게 생각한다. 하지만 우리가 알고 있는 단순한 무
공은 아닌 것 같다."

　"그게 무슨 뜻인가?"

　"놈은 곤황들의 숨을 끊는 마지막 순간에만 무공을 사용했
다. 그전에는 놈의 것으로 여겨지는 아무런 기도 감지되지 않
았다. 아마도 그 때문에 곤황들이 당한 것 같다."

　"그럼 놈이 어디 있는지 전혀 알 수 없다는 말인가?"

　"그렇다. 놈은 보이지도, 느껴지지도 않는 듯하다."

　"그런 술법을 가진 곳은 세상에 단 한 곳밖엔 없다. 설마 풍
령문의 전인이 살아서 이제야 다시 나타났다는 말인가?"

　"나 역시 쉽게 판단을 내릴 수가 없다."

그들이 나누는 이야기의 내용은 심각했다. 그러나 그들의 표정과 음성엔 아무런 감정이 묻어나지 않아 마치 다른 사람 이야기를 하는 듯한 착각이 들 정도였다.

그때 남쪽 봉우리를 바라보고 있던 좌흑이 다시 입을 열었다.

"놈이 모습을 드러냈다."

그들의 눈이 일제히 그곳으로 쏠렸다.

절봉 한 곳에 흑의 장삼을 걸친 인영 하나가 검을 뽑아 들고 서 있었다.

"어찌해야 하는가?"

우흑의 물음에 선흑이 대답했다.

"일단 배에 탄 광령문의 원사들은 포기해야겠다."

"그럼 놈은? 놈이 정말로 풍령문의 전인이라면 우리로선 감당할 수 없다. 싸워봐야 곤황들처럼 되고 말 것이다."

우흑이 다시 말하자 좌흑이 고개를 저었다.

"나는 놈이 풍령문의 전인이라고 생각지 않는다. 풍령문의 전인은 죽었다. 설혹 살아 있다고 해도 저기 서 있는 놈은 아니다. 보라, 놈은 어리지 않은가?"

둘의 말은 거기서 그쳤다. 좌우흑은 의견을 말할 뿐이다. 언제나 결정은 선흑이 한다.

모든 암곤들은 서열이 없지만, 결정권자는 존재했다. 그것은 권한이 아니라 규율이었다. 명령에 따르는 것이 아니라 규율대로 따를 뿐이었다.

잠시 후 선흑의 입이 열렸다.

"놈이 풍령문의 전인이든 아니든 놈의 등장은 중대하다. 반드시 본 문에 알릴 필요가 있다."

"철수인가?"

"그렇다."

"놈은 우릴 곱게 보내주지 않을 듯하다."

남쪽 봉우리를 계속해서 살피던 좌흑이 말했다. 그에게선 선흑의 결정에 대한 불만 따윈 찾아볼 수 없었다.

선흑이 다시 말했다.

"우린 흩어져서 철수한다. 최대한 몸을 숨기면서 이동해라. 그럼에도 놈이 우리의 기운을 감지할 수 있다면, 몸의 모든 기능을 폐쇄해라."

모든 것을 폐쇄한다.

그것은 몸의 기운을 없애기 위한 방편이었다. 말 그대로 죽은 자가 되는 것이다.

하지만 죽은 상태로되, 죽은 것은 아니다.

몸의 자가기능은 정지되지만, 땅과 완전하게 동화된 몸은 땅의 기운을 그대로 받아들이고 내보냄으로 생명을 유지한다.

더 이상 사람이 아니고, 땅 그 자체가 되는 것이다.

셋은 선흑의 말이 끝나기가 무섭게 세 갈래로 흩어졌다.

좌흑은 북쪽으로 이어진 산중으로 들어갔고, 우흑은 협곡을 거슬러 서릉협 쪽으로, 선흑은 그 반대인 구당협 쪽으로 사라졌다.

우혹은 숨을 두 번 내쉴 만한 시간마다 형체를 바꾸었다.

처음엔 바위가 되었다가, 그다음엔 큰 나무가, 다시 수풀이 되고, 또다시 바위가 되었다.

한 번 형체가 바뀔 때마다 우혹은 이십 장을 이동했다. 검은 폭풍우 아래 사라졌다 나타났다를 반복하는 그의 환영(幻影)은 괴기스럽기까지 했다.

그런데 그런 우혹의 모습이 어느 순간부터인가 전혀 보이지 않았다. 흐릿한 환영마저 완전히 자취를 감추었다.

그리고 우혹의 환영이 마지막으로 비친 바로 그곳에 흑의 장삼을 걸친 한 인영이 모습을 드러냈다. 한 손에 검을 쥐고 있는 그는 다름 아닌 관우였다.

관우는 한동안 그 자리에 선 채 석상처럼 미동도 하지 않았다.

쏴아아아……!

빗줄기가 관우의 전신을 사정없이 때렸다.

그러던 중 흠뻑 젖어 내린 관우의 머리 위로 돌연 빗줄기가 튕겨져 나가기 시작했다. 그러더니 곧 관우의 모습은 사라지고 그 자리엔 다시금 빗줄기가 쏟아져 내렸다.

이윽고.

푸욱!

뭔가를 꿰뚫는 소리가 들려왔고, 십여 장 떨어진 곳에서 관우가 다시 모습을 드러냈다.

관우는 검을 땅속에 꽂아 넣은 채로 한쪽 무릎을 꿇고 있었다.

검이 꽂힌 자리에선 빗물과는 다른 진한 무언가가 스며 나왔다.

검을 뽑자 그것은 곧 분출됐으며 순식간에 주변을 검붉게 물들였다.

관우는 검을 거두는 즉시 신형을 날렸다. 바람이 향하는 곳은 북서쪽, 숲이 우거진 산중이었다.

쏴아아아……!

하늘은 더욱 굵은 빗줄기를 퍼붓기 시작했다.

검붉게 물들었던 자리는 언제 그랬냐는 듯 빗물로 말끔히 씻겨진 상태였다.

* * *

"독수리를 잃은 나무는 결국 베어지고 말 겁니다."

위탕복은 떠나려는 지백천을 향해 말했다.

지백천은 그런 그를 의미심장한 눈으로 바라봤다.

"무슨 뜻인가?"

"신의, 나는 당신이 지금 떠나는 곳이 군무단도 아니고, 광령문도 아닌, 바로 단주의 곁이라는 것을 알고 있습니다."

"……"

"한 가지를 명심하시지요, 독수리에겐 날개가 있지만 나무에겐 날개가 없다는 것을."

지백천의 두 눈에 이채가 어렸다.

"그간 내가 자네를 과소평가했군. 좀 더 쉽게 이야기해 줄 수 있겠는가?"

그의 청찬에 기분이 좋아진 위탕복은 양 볼을 실룩거리며 다시 입을 열었다.

"당신이 몸담고 있는 곳이 어디인지 나는 모릅니다. 하나 한 가지 아는 것은, 하늘은 독수리에겐 하늘을 날 수 있는 날개를 달아주었지만, 그곳에는 주지 않았다는 사실이지요."

"……!"

지백천은 위탕복이 이미 적지 않은 것을 알고 있음을 알 수 있었다. 또한 그의 말이 무엇을 뜻하는지도 잘 알았다.

잠시 그를 응시하던 지백천이 물었다.

"그렇다면 독수리의 날개가 온전치 않다는 것도 잘 알겠 군."

위탕복의 큰 눈이 반짝거렸다.

"그래서 잠시 나무에 몸을 의지하고 있었던 것이겠지요. 하지만 나무의 잎이 모두 떨어져도 여전히 그것은 나무인 것처럼, 독수리의 날개가 온전치 않다고 독수리가 아닌 것은 아닙니다. 하물며 하늘이 직접 기르는 독수리임에야……."

그의 말에 지백천은 가볍게 고개를 끄덕거렸다.

"단주 곁에 자네와 같은 자가 있는 것 또한 하늘의 뜻일 터, 떠나는 내가 조금은 미안함을 덜 수 있을 듯하군. 자네의 충고 는 새겨두도록 하지."

"신의, 독수리를 다시 불러들일 기회는 분명 있을 것입니다."

위탕복은 마지막까지 충고를 잊지 않았다.

지백천은 옅은 미소와 함께 타고 있던 말의 고삐를 틀었다.

멀어지는 그를 한동안 지켜보던 위탕복의 시선이 하늘을 향했다. 하룻밤 새에 날은 완전히 뒤바뀌어 있었다. 구름 한 점 없는 하늘은 청명하기 그지없었다.

배는 폭풍우를 뚫고 험한 무협을 무사히 통과하고 다시 구당협을 지나 오늘 아침 만현(萬縣)에 당도했다.

만현은 사천과 중원을 연결하는 뱃길의 시작이자, 육로를 통해 성도로 가는 출발점이기도 한 곳이었다.

배에서 내리자마자 지백천은 떠날 준비를 하였고, 삼휘는 그것을 보고도 아무런 반응을 보이지 않았다. 분명 관우와 미리 이야기가 되었으리라.

하지만 정작 관우는 지금껏 모습을 보이지 않고 있었다.

물론 그 역시 관우의 싸움이 어찌 되었는지 궁금했다.

그러나 걱정이 되진 않았다. 독수리는 무사할 것이기 때문이다.

일행들 중에서도 관우가 보이지 않음을 염려하는 자는 딱히 보이지 않았다. 삼휘와 오휘는 말할 것도 없고, 군무단원들마저 그에 대한 언급조차 하지 않고 있었다.

관우에 대해 언급하지 않는 각자의 이유야 다르겠지만, 분위기 자체는 마치 유람이라도 다니는 자들처럼 유여해 보였다.

하지만 모든 이들 중에서도 가장 위탕복의 시선을 끄는 사람은 당하연이었다. 그녀가 태연한 것은 조금 의외였던 것이다.

익히 알고 있는 그녀의 성정대로라면 지금쯤 그녀는 관우를 찾겠다고 혈안이 되었어야 했다.

그런데 오히려 그녀는 직접 일행이 타고 갈 말을 고르며 평소와 다름없이 행동하고 있었다.

'여인의 신뢰인가? 아니면 노력? 훗…….'

위탕복은 작게 실소했다. 당하연이 기특하게 느껴졌던 것이다.

자신의 판단으론 분명 후자였지만, 노력을 하고 있는 그녀의 모습 자체가 기특해 보였다.

마침 그때, 역시 떠나는 지백천을 배웅하던 당하연이 시선을 돌리다가 그와 눈이 마주쳤다.

그녀는 위탕복을 보자마자 양미간을 잔뜩 접었다.

"뭐야, 당신? 그 표정은?"

이에 위탕복은 속으론 흠칫하면서도 겉으론 태연히 볼을 실룩거렸다.

"무엇이 말이오?"

"지금 나 보고 기분 나쁘게 웃었잖아?"

"나는 기분 좋게 웃었소."

"말장난해? 지금?"

당하연이 눈썹을 위로 치켜올리자 위탕복은 자신이 지을 수 있는 가장 환한 표정으로 그녀에게 말했다.

"밝은 당 소저의 얼굴을 보니 나도 기분이 좋아져서 웃었을 뿐이오. 한데 내 기분 좋은 웃음이 소저의 기분을 나쁘게 했다니 매우 유감이 아닐 수 없소."

"당연하지. 당신은 뚱뚱하고 못생겼잖아."

"그건 나도 인정하오."

"……."

유들유들한 위탕복의 대꾸에 당하연은 잠시 할 말을 잃었다. 전부터 느끼긴 했지만, 위탕복은 자신이 그 어떤 심한 말을 한다고 해도 결코 얼굴 하나 찡그릴 인물이 아니라는 걸 새삼 느끼는 그녀다.

'쳇! 마음에 안 들어! 정말!'

더 이상 그를 상대하기 싫어진 그녀는 두 눈을 가늘게 뜨며 말했다.

"오라버니가 오면 당장 당신을 자르라고 말하겠어."

"……."

위탕복은 이번엔 대꾸하지 않았다. 그냥 환하게 웃을 뿐이었다.

이에 더욱 기분이 나빠진 당하연.

"왜 웃지?"

"소저가 그렇게 태연히 농담을 하니, 어찌 웃지 않을 수 있겠소?"

"이익……!"

당하연은 입술을 한 번 잘근 깨물고는 고개를 홱 하고 돌려 버렸다.

그러면서 중얼거리는 당하연.

"농담이라고? 두고 보라지! 흥!"

관우가 돌아오면 정말로 위탕복을 내치라고 간청(?)하기로 결심한 그녀였다.

그런데 그런 생각을 하니 마음이 금세 답답해졌다. 간신히 눌러두고 있던 관우에 대한 염려가 마음을 꽉 채우기 시작한 것이다.

'이게 다 저 인간 때문이야!'

재차 위탕복을 향해 욕을 퍼부은 그녀는 도도히 흐르고 있는 장강의 물줄기를 바라보았다.

관우는 군이 혼자 적들을 상대하지 않아도 되었음에도 스스로 위험한 길을 택했다. 그것이 최선이었기에 그랬을 것이다.

당하연은 그것을 이해했다. 그래서 최대한 아무렇지 않게 관우를 기다리기로 마음먹었던 것이다. 아무렇지 않게 돌아온 관우를 맞이해 주고 싶었기 때문이다.

지금 이것은 시작에 불과했다. 앞으로도 관우는 위험을 불사할 것이고, 이 보다 더 큰 위험이 있을 수도 있다.

그때마다 불안해하는 모습을 관우 앞에서 보인다면 그것은 관우에겐 또 다른 마음의 짐이었다.

그녀는 그런 짐을 관우에게 지워주고 싶지 않았다.

…그랬는데.

이대로라면 관우의 얼굴을 보자마자 달려가 울어버릴 것만 같았다. 너무 힘들었다. 걱정되어 미칠 지경이었다.

"빨리 와. 나 오래 못 버텨. 아직은……."

당하연은 흐르는 강물에 대고 나직하게 말했다.

"각자 채비를 끝냈으면 바로 출발한다."

사휘의 카랑카랑한 음성이 들려왔다. 당하연은 맺힌 눈물을 남몰래 닦으며 말 위에 올랐다.

일행의 뒤를 쫓는 그녀의 어깨가 어느 때보다 가녀려 보인다.

목적지는 당가.

그러나 집으로 향하는 그녀의 마음엔 그늘뿐이었다.

*   *   *

짹짹짹짹!

요란하게 지져 대는 새소리에 관우는 눈을 떴다.

동굴 입구로 비치는 태양은 벌써 중천을 향하고 있었으며, 하늘은 더없이 맑았다.

천천히 몸을 일으킨 관우…….

몰골이 말이 아니었다.

밤새 맞은 비로 온몸은 축축하게 젖어 있었다. 진창에 그대로 누운 탓에 의복은 이미 걸레가 되어버렸다.

관우는 옆에 아무렇게 놓인 검을 챙겨 들었다. 검은 깨끗했지만, 여전히 짙은 피내음이 코끝을 자극하는 듯했다.

밤새 있었던 치열했던 싸움이 다시금 눈앞에 선명히 펼쳐졌다.

북쪽 봉우리에 있던 나머지 셋은 도주를 택했다. 당연했다. 자신이라도 그랬을 것이다.

그들이 도주한 세 갈래 중 가장 먼저 쫓은 곳은 서릉협 쪽이었다.

어차피 시간 싸움.

일행이 향하는 쪽으로 도주한 자를 가장 나중에 쫓는 것이 다시 일행에 합류하는 시간을 줄이는 길이었다.

암곤들의 도주를 예상했고, 나름대로 그들을 상대할 자신도 있었지만 관우는 신중했다.

아니나 다를까?

움직임부터가 달랐다. 철저히 종적을 감추고자 마음먹은 암곤들의 움직임은 그야말로 무영무흔(無影無痕)이었다. 미약하게 감지되는 기운이 아니었으면 쫓지도 못했을 터였다.

하지만 그 기운마저도 나중에는 느껴지지 않았다. 한동안 가만히 서 있을 수밖에 없었던 이유가 바로 그 때문이었다.

삼 할이던 풍기를 오 할까지 개방했다. 그래도 잡히지 않았다.

다시 육 할까지 풍기를 개방하고 나서야 비로소 땅과 동화된 암곤의 기운을 분별해 낼 수 있었다.

그리고 그 즉시 처치, 또다시 추격, 처치…….

암곤 셋을 없애는 데 꼬박 한 시진이 걸렸다.

그리고 무려 다섯 시진 동안이나 정신을 잃었다. 육 할의 풍기를 이용한 대가였다.

정신을 잃기 전 머리에 약간의 통증이 느껴졌던 것을 떠올린 관우의 표정은 심각해졌다.

무계심결을 익히고, 환무길에게서 풍기를 얻은 후 느끼지 못했던 통증을 다시 느꼈다는 건, 육 할이 한계라는 뜻이었다.

그 이상은 지금 이룬 무계심결의 성취로는 감당할 수 없을지도 몰랐다.

현재 관우가 이룬 무계심결의 성취는 칠성에서 팔성 사이였다.

황벽과 수련을 막 끝마쳤을 때가 육성 초입이었던 것을 감안하면, 불과 수개월 사이에 이성 가까이 성취를 높인 것은 놀라운 일이 아닐 수 없었다.

관우는 최근 무계심결로써 움직이는 대정기가 급속도로 강대해지는 것을 느끼고 있었다. 그것은 무애로부터 초의분심공을 전수받은 직후부터였다.

정확한 이유는 알 길이 없지만, 관우는 그것이 무애가 말한 초의분심공의 또 다른 '진수' 때문이 아닌가 짐작했다.

무공이란 것이 본래 마음으로부터 시작되는 것이라면, 마음의 실체를 보고 그것을 조종하게 하는 초의분심공은 분명 무계심결의 빠른 성취에 도움이 되고 있으리라.

이 상태라면 무계심결을 대성하는 것도 시간문제일 듯했다.

그러나 그 같은 뜻하지 않은 호재에도 관우는 기뻐할 수만은 없었다.

저들의 힘이 너무 강했다.

환무길은 죽기 전 자신에게 분명히 말했다. 저들의 힘은 풍령문이 예상한 정도를 훨씬 뛰어넘었다고.

관우는 그 말을 조금씩 실감하고 있었다.

지금까지 자신이 상대한 자들은 모두 세 문파의 문도들 중에서도 상대적으로 약한 자들이었다.

그런 자들을 상대로도 이처럼 고전을 면치 못한다면, 수뇌급들과의 싸움은 말할 것도 없을 것이다.

'초조해하지 말자.'

짧은 한숨과 함께 관우는 동굴을 나섰다.

비와 산짐승들을 피하기 위해 정신이 흐릿한 와중에서도 간신히 찾아낸 곳이었다.

동굴을 나서니 숲이 펼쳐졌고, 왼편으론 강이 보였다.

구당협 부근은 이미 지났으니, 두세 시진 정도만 달리면 일행이 있는 곳에 이를 수 있을 것이다.

지백천은 이미 떠났을 터이고, 태산에 머물러 있던 조치성 등도 천문으로 돌아갔을 터였다.

그들을 잠시 생각한 관우의 표정엔 옅은 그늘이 드리워졌다. 서로 마음을 열어가고 있던 자들과의 이별은 안타까울 수밖에 없다.

그러나 결국 자신의 사명은 자신 스스로 이루어야만 하는 것.

천문은 사부 환무길의 선택이었다.

무계심결을 비롯하여 그들의 도움을 적지 않게 받긴 했지만, 천문은 자신의 선택이 아니었다.

그리고 그들은 자신을 믿지 못하고 있다. 신뢰가 없는 곳에 동행이란 의미가 없었다.

그런 의미에서 차라리 잘된 일일 수도 있다는 생각이 들었다.

이제부터는 모든 선택을 자신 스스로 해나간다.

자신이 어떤 상태이고 어떤 위치에 있든, 그 안에서 길과 사람과 신뢰를 만들 것이다.

그리고 이제 드디어 그 첫걸음이 시작되었다.

다짐하는 관우의 눈빛이 굳건해지는 순간, 관우는 한줄기 바람이 되어 숲을 가로지르고 있었다.

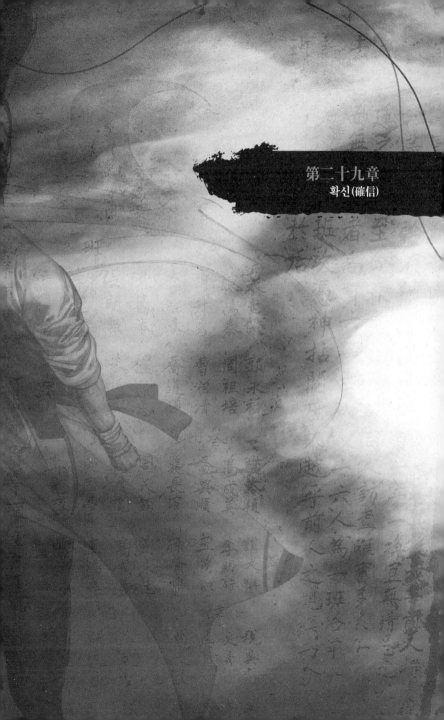

第二十九章
확신(確信)

風神遺事

한 시진 전에 회의를 끝낸 당인효는 자신의 집무실에 홀로
앉아 있었다.

한 손으로 머리를 짚고 있는 그의 표정은 무거워 보였다.

당가의 중진들은 하나같이 자신들의 주장만 앞세웠다. 결국
회의는 타협점을 찾지 못하고 끝나 버렸다.

한쪽에선 광령문에 붙자 하고, 다른 쪽에선 수령문에 붙자
고 한다.

또 한편에선 중립을 지키며 독자적인 길을 모색하자는 주장
을 들고 나왔다.

이렇게 의견이 셋으로 갈린 가운데, 조금 전 식솔을 통해 중
대한 소식 두 가지가 그의 귀에 들려왔다.

첫째, 무당이 무너졌다.

처음 그 말을 들었을 땐 당인효조차 귀를 의심했을 정도로 그것은 가히 경악할 만한 소식이었다.

강호를 떠받치던 두 기둥 가운데 하나가 넘어져 버렸다.

거의 모든 무당 제자들이 광령문이 파견한 자들에 의해 몰살되었다. 일부는 은밀히 마련된 심처(深處)에 숨었다는 말들도 있으나 확인되지는 않고 있었다.

이 엄청난 소식은 아직 일부만 알고 있었다. 그러나 강호의 소문은 순식간이다. 만일 이 소식이 강호 전체로 퍼지는 날엔 큰 요동이 또 한차례 일어날 것은 자명했다.

그런데 더욱 관심을 끄는 사실은 무당이 무너지기 직전까지 광령문을 막았던 곳이 바로 수령문이었다는 점이었다. 장소만 무당일 뿐, 사실상 광령문과 수령문의 충돌이었던 것이다.

충돌의 결과 광령문이 승리했지만, 둘은 모두 커다란 피해를 입은 것으로 알려졌다.

마지막 순간에 수령문이 발을 빼지 않았다면, 동진(同盡)했을 거란 추측이었다.

이것은 무당이 무너진 것만큼이나 중대한 사실이었다.

강호가 세 패로 갈라진 상황에서 두 곳이 상잔했다면, 결국 이득하는 곳은 나머지 한 곳, 지령문이었다.

당인효는 앞으로 세 곳의 움직임에 대하여 더욱 촉각을 곤두세워야 할 필요를 느낌과 동시에, 머릿속이 혼란스러워졌다.

거취를 결정함에 있어 변수가 될 만한 것들이 갑자기 한꺼번에 등장한 것이다.

수령문을 따르던 무당이 무너졌으니, 수령문의 위세는 한풀 꺾일 것이 뻔했다. 무당을 지키지 못했기 때문이다.

그렇다고 광령문을 따르자니 그들이 입은 피해가 마음에 걸렸다. 광령문도 큰 피해를 입었다면 실질적인 사정은 수령문과 크게 다르지 않을 것이기 때문이다.

결국 지령문이 남는데… 그곳은 더더욱 불확실했다.

그들은 좀처럼 외부로 실체를 드러내지 않고 있었다. 그들에게 붙은 형산파와 점창파마저도 최근에는 마치 봉문을 한 듯 잠잠했다.

이런 상황에서 섣불리 한 곳을 지지하며 나서긴 어려웠다.

'조금 더 판세를 지켜보는 것이 좋을까?'

하지만 그의 귀에 들린 두 번째 소식은 더욱 그를 압박했다. 광령문의 사람들이 지금 이곳으로 오고 있다는 보고였다. 관우와 당하연까지 함께 말이다.

당인효는 당정효를 떠올렸다.

가형을 떠올리자 그의 마음에 절로 조바심이 일었다.

거기엔 어떤 큰 기대감이 압축돼 있었다.

'시간을 단축시킬 수만 있다면…….'

그렇게만 된다면 굳이 어디에 몸을 의탁해야 할지 고민할 필요가 없을 터였다.

한 치의 망설임없이 당가는 홀로서기를 선언할 것이다. 그것이 바로 당정효의 뜻이자, 그의 뜻이었다.

들끓는 마음을 모두 진정시키지 못한 당인효는 곧 집무실을 나섰다.

그의 발길은 내원 깊숙한 곳을 향해 계속해서 이어지고 있었다.

그가 어느 구석진 곳에 이르렀을 무렵, 작은 소음이 들려왔다. 그것은 너무도 미약하여 작은 들짐승이 지나간 것이라 치부할 수 있을 정도였다.

이후 한참이 지났음에도 그의 신형은 더 이상 나타나지 않았다.

기관 안으로 들어서자 석실이 나타났다. 석실을 이룬 돌들은 잘 다듬어진 청석들이었다.

당인효는 등이 밝혀진 길을 따라 걷기 시작했다.

스윽스윽……

그의 걸음걸이가 기이했다. 그는 양발을 바닥에서 떼지 않고 미끄러지듯 걸었다.

일단 이곳에 발을 디딘 순간부터 기관은 발동된다. 무수한 암기에 온몸이 꿰뚫리지 않으려면 한 발이라도 절대 바닥에서 떼어서는 안 되는 것이다.

그렇게 한참을 걸어 들어가자 굳게 닫힌 철문이 보였다.

철문 앞에 이른 당인효는 좌로 삼 보 이동하여 바닥을 굴렀다. 진기가 담긴 발구름에 쿵! 소리와 함께 석실이 진동했다.

그리고 곧,

그그그그그……!

굳게 닫혀 있던 철문이 열리기 시작했다. 의외로 철문은 좌
우가 아닌, 아래로 열렸다.

문이 열리자마자 절로 얼굴을 구기게 만드는 냄새가 코끝을
파고들었다.

독향(毒香)!

향기만으로도 정신이 아득해질 정도였다.

당인효는 품에서 꺼낸 작은 환을 입에 털어 넣었다. 독향에
견딜 수 있는 일종의 해독제였다.

그가 나타나자 철문 안에 있던 두 노인이 가볍게 예를 갖췄
다.

"오시었소?"

두 노인 중 하나, 만독당의 당주 당의기(唐宜起)가 그를 향해
입을 열었다. 평생을 독과 함께 보낸 당의기는 당인효보다 한
항렬이 높은, 따지자면 사숙 뻘이 되는 자였다.

"어찌 되고 있습니까?"

"마침 잘 오시었소, 가주. 이리로 와보시오."

당의기는 당인효를 이끌고 한쪽 구석에 있는 커다란 유리관
으로 향했다.

유리관에 다가갈수록 독향이 더욱 짙어졌다. 이곳을 가득
메운 독향의 근원이 바로 유리관이었던 것이다.

한데 유리관 안에는 대단히 놀랄 만한 것이 들어 있었다.

사람.

분명 투명한 유리를 통해 보이는 것은 사람의 형체였다.

푸른 액체 속에 잠겨 있는 벌거벗은 사람.

그는 다름 아닌 당정효였다.

폐관에 들었다던 그가 아무도 모르는 석실에 있는 유리관 안에 죽은 듯이 있었던 것이다.

"이것을 보시오."

당의기는 유리에 비치는 당정효의 신체 부위 중 한곳을 가리켰다. 그곳은 바로 발이었다.

"이것은?!"

당정효의 발을 확인한 당인효의 눈이 부릅떠졌다.

당의기가 고개를 끄덕이며 말했다.

"묵반(墨斑)이오."

"진정… 이것이 묵반이란 말입니까?"

"확신하오. 틀림없는 묵반이오."

"……!"

당인효의 얼굴에 경악과 희열이 교차했다.

묵반!

그것은 구극독령술(究極毒靈術)의 성공 여부를 판가름하는 증표이자, 그와 그의 형 당정효가 원하는 바를 실현시킬 단초였다.

구극독령술은 독공이 아니라, 독인지체(毒人之體)를 만드는 일종의 제조술이었다.

당가는 이미 백여 년 전 구극독령술을 창안했다. 그러나 지금껏 시행한 일은 단 한 번도 없었다.

말 그대로 완전한 독인을 만드는 일이었다. 살아 있다는 것만 제외하곤 인간으로서의 모든 것을 잃어버릴 병기를 만드는 일.

당시 당가의 식솔 거의 모두는 역천지술(逆天之術)이라 경계하며 이미 중간 정도 진행되고 있던 구극독령술의 시술을 중단시킨 바 있었다.

전신의 피를 모두 독액으로 대체시키고, 전신의 기운을 모조리 독기로 탈바꿈시킨다.

이것이 성공하면 그는 인간의 한계를 뛰어넘는 능력을 지니게 된다.

전신은 강철과 같이 되며, 내뿜는 독기만으로도 주변의 모든 것을 멸절시킬 수 있다.

시술 대상이 본래 어느 정도의 힘과 능력을 지녔느냐에 따라 독인이 가질 힘과 능력도 달라지게 된다.

게다가 불사지체(不死之體).

이것이 바로 구극독령술을 창안한 자가 예상한 독인의 모습이었다.

그리고 지금 그러한 예상을 현실로 만들려는 시도가 이곳에서 행해지고 있는 것이다. 물론 모든 것은 예상일 뿐, 그 외 독인이 실제 어떤 능력을 가지게 될지는 예측불허였다.

구극독령술의 시행은 당정효가 자처했다.

그는 어천성의 힘을 누구보다 깊이 체험했고, 그들의 야욕을 알았다.

어천성에 본격적으로 반기를 들었던 그날 이후, 그와 당인효가 심중에 품었던 것은 독이다.

당가가 가진 것 중에서 어천성에 대항할 만한 것은 무공이 아니라, 독이었다. 그들의 술법 앞에서 무공은 어린아이의 장난일지 모르지만, 그들이 육신을 가진 사람인 이상 독은 어쩌지 못할 것이기 때문이다.

그렇게 독에 집중하다 보니, 발견하게 된 것이 바로 구극독령술이었다.

구극독령술을 발견하자마자 두 사람은 '이거'라는 확신이 들었다.

성공만 할 수 있다면, 능히 그들의 술법에 대적할 만한 힘이 거기엔 담겨 있었다. 그 어떤 무공과 독공으로도 이루지 못할 완벽한 경지가 적시되어 있었던 것이다.

하지만 그런 그들도 쉽게 결정을 내리지는 못했다.

역천의 기술, 그리고 불확실성.

이 두 가지 중 더욱 그들을 망설이게 만든 것은 후자였다.

이미 수단을 가리지 않는 지경까지 이른 그들에게 역천의 의미는 크게 걸림이 되지 않았다. 다만 구극독령술이 단 한 번도 완전히 시행되지 않은 방법이라는 게 마음에 걸린 것이다.

실패가 두려운 것이 아니었다. 실패보다 염려되는 것은 과연 예상대로의 결과가 나오느냐는 것이었다.

구극독령술에서 다루는 것은 결국 독, 예상 밖의 결과가 나오게 되면 자칫 엄청난 일이 초래될 수도 있기 때문이다.

하지만 그러한 위험부담에도 결국 그들은 구극독령술의 시행을 결정했다. 사실 당인효는 반대했지만, 당정효의 강한 의지를 꺾을 수 없었다.

그리고 비밀리에 들어간 시술.

그런데 드디어 그 성과가 나타나기 시작한 것이다.

막연하기만 하던 것이 현실이 되는 듯하자 당인효는 들뜰 수밖에 없었다.

"이것이 묵반이라면… 시술서에 기록된 것보다 석 달이나 빠른 것이 아닙니까?"

그의 의문에 당의기는 고개를 끄덕이며 대답했다.

"그건 당시 시술 대상과 지금의 시술 대상이 다르기 때문이 아닌가 하오. 전 가주는 이미 만류귀원신공을 대성한 상태였소. 아마도 그것이 시술의 경과를 앞당겼을 것이오."

"으음……."

당인효는 그의 말이 타당하다 여겼다.

묵반은 본래 가지고 있던 전신의 피가 점차 독액으로 대체되어 가고 있다는 것을 알려주는 현상이었다.

대체가 빠르다는 것은 그만큼 대상자의 신진대사와 전신 기혈의 움직임이 활발하다는 뜻이었다.

그렇게 본다면 만류귀원신공을 대성한 당정효의 몸은 이미 보통 무인들과도 차별될 정도이니, 묵반이 예상보다 빨리 나타난 것이 이상하게 여겨질 필요는 없는 것이다.

"이대로라면 기대보다 빨리 시술을 완성할 수 있을 거요."

"얼마나 단축되겠습니까?"

"내 예상으론 적어도 절반 가까이 단축될 것이오."

절반!

당인효의 두 눈이 반짝거렸다.

본래 예상했던 것이 정확히 일 년이었다. 거기서 절반이라면 육 개월.

이미 시술을 시작한 지가 두 달이나 지났으니, 넉넉히 넉 달 후엔 그 결과물을 볼 수 있다는 뜻이었다.

'하늘이 우리에게 기회를 주는 것인가!'

복잡했던 머릿속과 무거웠던 마음이 조금은 해소되는 기분이었다.

이번 시술이 성공하면 곧바로 다른 독인들을 만들어낼 것이다.

당인효는 유리관 속에 누워 있는 당정효의 얼굴로 시선을 옮겼다.

가죽만 남은 가형의 핏기없는 얼굴이 그의 눈에 들어왔다.

가문을 위해 한 몸을 희생한 자.

아니, 결국 강호 전체를 위한 일에 희생을 한 것으로 봐야 한다.

적어도 그는 그렇게 생각했다. 그리고 반드시 그렇게 되어야만 했다.

때가 오기까지 자신이 할 일은 굳건히 가문을 이끌어가는 것뿐이었다.

비록 상한 모습이었지만, 당정효의 얼굴을 보며 그는 마음을 다잡을 수 있었다.

그리고 그는 갈등하던 문제에 대하여 결정을 내렸다. 어디를 따를 것인지.

사실 이제 그것은 크게 고민할 일이 아니었다.

얼마 남지 않았다.

저들의 그늘에서 벗어나게 될 날도.

*   *   *

"당가를 코앞에 두고 어째서 가지 않는 거야?"

나무 그늘 아래서 더위를 식히던 포랍이 불만스런 얼굴로 삼휘가 있는 곳을 노려봤다.

삼휘와 오휘는 일행과 오 장 정도 떨어진 곳에서 휴식을 취하고 있었다. 가만히 있는 듯했지만, 둘 사이에 뭔가 소통이 이루어지고 있다는 느낌이었다.

"철탑 대협께선 정녕 그 이유를 모르시나요?"

모용란은 요염한 미소로 포랍을 응시하며 물었다.

그녀의 눈길을 받은 포랍은 일순간 움찔하더니 눈알을 사방으로 빙빙 돌려대기 시작했다.

"커흠! 뭐, 그거야… 저놈들이 게을러서 그런 것이 아니······."

"호호호호!"

그의 말이 끝나기도 전에 모용란의 웃음소리가 들려왔다.

"정말 그 이유를 모르시나 보군요?"

이에 포랍의 얼굴은 금세 붉게 달아올랐다. 그녀가 자신의 무식함을 비웃는 거라 생각했기 때문이다.

그런데 그의 반응이 이상했다.

다른 사람 같으면 이런 경우 당장 대부를 휘두르며 달려들었을 터였다. 하지만 그러기는커녕 오히려 그답지 않게 어쩔 줄을 몰라 하고 있었던 것이다.

그의 그런 모습을 보며 소광특과 위탕복은 실소를 머금었다. 포랍이 모용란에게 꼼짝 못한다는 사실은 이미 그들 모두 잘 알고 있었다.

다른 사람 앞에선 언제나 과격한 포랍이지만, 유독 모용란 앞에서만은 순한 양이 되었다. 이를 보고도 포랍이 모용란에게 완전히 푹 빠졌음을 눈치채지 못하는 자가 있다면, 그는 아마도 바보이리라.

당사자인 모용란 역시 그것을 모르지 않았다. 그것을 알기에 더욱 포랍을 대하는 것이 흥미로운 그녀였다.

"크음, 그럼 그것 말고 다른 이유가 있단 말이오?"

간신히 할 말을 찾아낸 포랍이 입술을 약간 삐죽이며 물었다.

"물론이에요. 지금부터 제가 설명해 드릴 테니 잘 들어보세요."

포랍을 향해 활짝 웃어 보이는 모용란.

일순간 포랍의 입은 벌어지고 두 눈은 초점을 잃었다.

'놀고들 있네!'

한쪽에서 이를 지켜보고 있던 당하연은 못 봐주겠다는 듯 잔뜩 눈살을 찌푸렸다.

'아주 웬만한 기녀들 저리 가라라니까?'

평소 모용란의 끈적거리는 언행이 못마땅했던 그녀다. 특히 나 관우에게도 저런 눈빛과 말투를 섞는 것을 보면 치를 떨 정 도였다.

하지만 당하연이 속으로 자신을 욕하거나 말거나, 모용란은 포랍을 향해 계속해서 말을 이었다.

"철탑 대협께서도 광령문에 의해 무당이 무너졌다는 소식 을 들으셨을 거예요."

"물론이오."

'보나마나 뻔한 얘기를 살살거리면서 하겠지!'

당하연은 시선을 돌리며 두 사람의 이야기에서 관심을 끊었 다.

성도를 지척에 둔 상황에서 일행이 이렇듯 멈춰 있는 것은 무당이 무너졌다는 소식이 들려왔기 때문이다.

그것은 삼휘와 오휘가 가장 먼저 알았으며, 그다음으로 일 행들이 알게 되었다. 하오문주인 모용란이 문도를 통해 접한 소식을 나머지 일행에게 알려줬기 때문이다.

그 이후 반나절 동안이나 삼휘와 오휘는 움직일 생각을 하지 않았다.

분명 갑자스런 소식에 계획을 점검하기 위함일 터였다. 어쩌면 위에서 어떤 다른 지시가 내려왔을 수도 있었다.

그들에게 갑작스런 소식이란 무당이 무너졌다는 사실이 아닌, 수령문과의 싸움에서 광령문이 적지 않은 피해를 입었다는 사실일 것이다.

그 때문에 광령문 전체가 그에 대한 대책 마련에 분주해졌을 것이란 추측은 누구나 할 수 있는 일이었다.

'그런데도 그걸 모르는 저 젊은 덩치나, 그런 바보 앞에서 잘난 척 떠드는 저 요사스런 여우나. 흥!'

그렇게 두 사람을 향해 코웃음을 치고 있는 당하연에게 다시금 귀를 쫑긋 세울 만한 모용란의 음성이 들려온 것은 바로 그때였다.

"…하지만 저들이 지체하는 이유가 그게 다라고 생각한다면 너무나 순진한 처사예요. 그 정도의 일로 계획을 수정할 광령문의 소문주가 아니니까요."

"그럼 그것 말고 또 있단 말이오?"

어느새 그녀의 말에 집중하고 있던 포랍이 궁금한 듯 물었다. 그뿐만 아니라 소광륵과 위탕복까지도 그녀의 다음 말에 귀를 기울이고 있었다.

모용란은 모두의 이목이 자신에게 집중된 것을 느끼며 잠시 말을 멈췄다. 삼휘와 오휘까지 자신을 주목하고 있음을 느낀 것이다.

하지만 그녀는 곧 옅은 미소를 머금으며 입술을 벌렸다.

"제가 지금부터 이야기할 내용은 수령문도들과 일전을 치르고, 무당까지 완전히 제거한 광령문의 살아남은 자들에 관한 것이에요."

"……!"

순간적으로 모두가 숨을 죽인다.

모용란은 지체없이 말을 이었다.

"그들은 태산으로 돌아가지 못하고 모두 가는 도중 죽었어요. 단 한 사람, 그들을 이끌던 자를 제외하고 말이죠."

"그런 일이……?!"

포랍이 눈을 크게 뜨며 확인하듯 재차 물었다.

"그게 정녕 사실이오?"

이에 모용란은 그를 향해 곱게 눈을 흘겼다.

"철탑 대협, 본 문의 정보력을 무시하시면 섭섭해요."

"아! 그런 것이 아니라, 너무 뜻밖이어서……!"

당황하는 그를 보며 새침하게 웃은 그녀는 다시 진지한 음성으로 말했다.

"여기서 중요한 것은 그들이 모두 죽었다는 사실 자체가 아니라, 과연 누가 그들을 죽였냐는 거예요."

"수령문이 아니었나 보군?"

위탕복이 흥미로운 눈빛으로 잠시 끼어들었다.

모용란은 그런 그를 향해 작게 고개를 끄덕였다.

"맞아요. 뜻밖에도 그들을 죽인 자들은 지령문이 보낸 자들이었어요."

"아……!'

모두의 입에서 탄성이 흘러 나왔다.

지금껏 잠잠하던 지령문이 그런 일을 하리라곤 예상치 못한 것이다.

수령문과의 싸움을 끝내고 돌아가는 광령문도들을 친 것을 볼 때, 그들이 처음부터 그럴 계획을 갖고 있었을 거란 추측은 얼마든지 가능했다.

셋 중 가장 약세로 여겨지고 있던 지령문이었다. 그런 지령문이 드디어 움직였다.

자신들의 허를 찌르며 등장한 지령문.

광령문의 입장에선 작지 않은 고민거리일 터였다.

"그렇다면 요희가 우리에게 해줄 이야기가 아직 남았을 듯하군."

위탕복의 말에 모용란은 두 눈을 반짝였다.

"역시 위 참모시군요. 물론 제가 할 이야기는 그게 다가 아니에요."

포랍과 모용란과의 대화는 어느새 모용란과 위탕복과의 대화로 이어지고 있었다.

"광령문의 남은 자들을 칠 즈음, 지령문에선 또 다른 곳에 있는 자들까지 없앨 준비를 했어요."

"그들이 바로 우리였겠군."

"무협에서 단주님이 홀로 배에선 내리신 까닭이 바로 그들 때문이지요."

"수령문에서 보낸 자들이 아니었단 말인가?"

침묵하고 있던 소광특이 놀랍다는 표정으로 둘 사이의 대화에 끼어들었다.

사실 그를 포함한 모두, 심지어 당하연까지 관우가 상대하려 했던 자들이 수령문의 낭도들인 줄로만 알고 있었다.

그렇기에 모용란의 말은 무척이나 놀라울 수밖에 없었다.

"그럼 오라버니는! 오라버니는 어떻게 됐죠?"

당하연이었다.

그녀는 상기된 얼굴로 모용란을 향해 물어왔다.

모용란은 그녀의 열띤(?) 반응에 뭔지 모를 야릇한 미소를 머금으며 대답했다.

"아쉽게도 내가 보고받은 것은 그들이 지령문의 인물들이었다는 것뿐이에요. 단주님의 행방은 나도 모르는 일이지요. 다만 확신할 수 있는 것은 단주님께서 무사하다는 사실이에요."

"그걸 어찌 확신할 수 있느냐?"

소광특이 다시 끼어들며 물었다.

"지령문의 인물들로 보이는 시신은 발견됐으나 단주님의 시신은 무협 근방 그 어디에서도 찾을 수 없었으니까요. 사실 단주님이 무사하다는 것은 여기 있는 위 참모의 행동을 보시면 더욱 확실한 일이지요. 그렇지 않은가요, 위 참모?"

갑자기 자신에게 떠넘기는 모용란을 향해 위탕복은 양 볼을 실룩거렸다.

"왜 그렇게 생각하시오?"

"만일 단주님의 신변에 문제가 생겼다면 위 참모가 이처럼 태평스럽진 못할 테니까요."

"요희는 이 위 모가 마치 무불통(無不通)이라도 되는 듯 말하고 있구려."

"훗, 무불통이라… 세상에 그런 능력을 가진 자는 없어요. 그렇기에 위 참모가 가진 몽예력은 절대적인 가치를 지녔다고 볼 수 있는 것이죠. 억만금과도 바꿀 수 없을 만큼."

"하하, 오늘은 좋은 꿈을 꾼 일이 없음에도 기분 좋은 날이구려. 이런 과한 칭찬을 듣게 되다니 말이오."

위탕복은 흡족하게 말하며 드러내 놓고 기쁨을 표했다.

그런 그를 바라보는 시선은 제각각이었다.

소광륵은 의미심장한 눈빛으로, 포랍은 화가 난 눈빛으로, 그리고 당하연은 못마땅함이 가득한 눈빛으로 그를 쳐다보았다.

위탕복은 그중 한 사람, 당하연을 향해 고개를 돌리며 말했다.

"단주님은 곧 우리에게로 돌아오실 거요. 사실 궁금해할 듯하여 벌써부터 말해주고 싶었으나, 소저가 '뚱뚱하고 못생긴' 나를 보면 기분이 나쁘다고 하기에 근처에도 가지 못하고 있었소."

"······!"

당하연의 두 눈이 가늘어졌다. 위로의 말 같으면서도 자신을 향한 힐책인 듯하여 기분이 나빴다.

그러면서도 한편으론 조금은 안심이 되었다.

누구의 입에서 흘러나왔든, 관우가 무사하다는 말은 그녀로선 듣기 좋은 말임엔 틀림없었다.

"그렇다면 결국 우리가 지체하고 있는 까닭이 지령문 때문이란 말이었군. 잘 알았소."

포랍이 이제 되었다는 식으로 말을 내뱉었다. 모용란이 위탕복을 칭찬하는 모습에 기분이 상한 그는 얼른 이 이야기를 끝내고 싶은 마음이었다.

하지만 모용란은 그의 말에 고개를 저었다. 그녀는 삼휘와 오휘를 향해 눈짓하며 입을 열었다.

"정확히 말하자면, 그건 틀린 결론이에요. 저들이 지체하는 진짜 이유는 지령문 때문이 아니라, 단 한 사람 때문이에요."

"단 한 사람이라니? 그게 누구요?"

포랍이 물었고, 또다시 모두의 시선이 그녀에게 고정되었다.

"바로 단주님이지요. 저들은 지금 그분이 돌아오길 기다리고 있어요."

"······?!"

그녀의 말이 떨어짐과 동시에 삼휘가 신형을 일으켰다.

"제법이구나. 그 정도까지 짐작해 내다니."

어느새 이쪽까지 걸어온 그는 두 눈에 광채를 일으키며 그녀를 응시했다.

"그렇다면 너는 우리가 왜 군무단주를 기다리고 있는지 그 까닭도 알고 있겠구나."

삼휘의 눈을 감히 마주하지 못한 모용란은 살짝 시선을 피하며 말했다.

"물론 그 역시 짐작은 하고 있어요. 하지만 그 짐작이 맞는지는 확신할 수 없군요."

"말해보라."

삼휘의 카랑카랑한 음성이 더욱 날카롭게 들려왔다.

이에 모용란은 한차례 마음을 가다듬고 차분히 입을 열었다.

"본래 어천성이었던 당신들 세 문파는 가히 천외천이라 할 만큼 가공할 만한 힘을 지녔지요. 당신들이 펼치는 술법이란 것은 기존 강호의 문파들이 알고 있는 것과는 전혀 다른 기이한 힘이자, 감히 대적할 수 없을 만큼 강대해요. 그런 당신들에 대한 정보는 우리에겐 전무하다시피 했고, 그 누구도 당신들의 정체를 제대로 밝혀낼 수가 없었죠. 하지만 어천성이라는 곳 안에서 드러난 당신들의 실체를 통해서 우리는 당신들에 관한 몇 가지를 알 수가 있었어요. 그중에서 가장 눈에 띈 것은 바로 당신들 세 문파 간의 관계였어요."

그녀는 잠시 말을 끊고 삼휘를 슬쩍 쳐다보았다. 삼휘는 여전히 광채를 뿜어내고 있을 뿐, 묵묵히 그녀의 이야기를 듣고만 있었다.

'으음!'

두 눈이 타들어갈 듯한 통증에 그녀는 어쩔 수 없이 다시 시선을 돌린 채 말을 이었다.

"비록 성주를 세우지 않은 채 세 수장이 함께 성을 이끌어가는 모양새를 취했지만, 실제 세 문파 간에는 암묵적인 서열이 존재하더군요. 그중 광령문의 힘은 확실히 나머지 두 문파와는 차이가 있었지요. 그 같은 사실은 어천성이 와해될 때 본래 어천성이 있던 태산에 광령문만 남고, 나머지 두 문파가 다른 곳으로 떠난 것만 보아도 알 수가 있었어요."

"계속해 보라."

삼휘가 입을 열어 그녀를 재촉했다. 이에 모용란은 그것을 지금까지 자신이 이야기한 부분에 대한 인정의 뜻으로 알고 곧 바로 핵심으로 들어갔다.

"광령문은 다른 두 곳보다 우월한 힘을 가진 곳인만큼 그 움직임도 거침이 없었어요. 무당을 치고, 당가까지 먼저 접수하려 했으니까요. 그런데 무당에선 수령문의 거센 저항에 부딪쳐 큰 피해를 입었고, 거기에 더하여 지령문으로부터는 뜻밖의 습격을 받아 자존심에 큰 상처를 입게 되었지요. 하지만 구겨진 자존심보다 더욱 광령문을 당혹스럽게 한 것은 수령문과 지령문이 보여준 힘이었어요. 그들의 예상 밖으로 강해진 힘. 아마도 그 힘 중에선 지금껏 그들에게서 보지 못했던 힘이 있었을지도 모를 일이죠. 그래서 광령문은 고심을 하지 않을 수 없었고, 그 와중에 본단의 단주님께 생각이 미쳤을 거예요."

"왜 갑자기 아무 상관 없는 우리 단주에게 생각이 미친단 말이오?"

포랍이 정말 궁금했는지 앞뒤 가리지 않고 불쑥 끼어들었다.

"본단의 단주님은 이 일과 상관이 없지 않아요. 어쩌면 가장 큰 상관이 있다고 볼 수 있는 분이 바로 단주님이에요. 수령문의 문도 하나를 없앴을 뿐만 아니라, 지령문의 문도 여섯을 단신으로 해치운 분이 바로 단주님이니까요."

"으음……!"

삼휘를 제외한 모두에게서 침음이 흘러나왔다. 이제야 모용란의 말뜻이 어느 정도 이해가 된 것이다.

관우는 수령문과 지령문, 특히 지령문의 문도들을 직접 상대했고, 그들을 죽이기까지 했다. 그런 관우이기에 누구보다 그들의 달라진 힘에 대하여 잘 알고 있을 터였다.

광령문은 바로 그 같은 정보가 필요했던 것이다. 관우가 그들과 싸우며 얻은 정보 말이다.

이젠 광령문도 섣불리 움직일 수 없는 상황에서 이후 대처를 위해 그러한 정보는 반드시 필요했으리라. 당장 당가를 복속시키는 것보다도 더욱 시급히 말이다.

"하오문의 문주라고 했던가? 꽤 쓸 만한 정보력을 가졌구나."

삼휘의 말에 모용란은 엷은 미소를 머금어 보였다.

"당신들로부터 그런 말을 들으니 그 의미가 더욱 크게 느껴지는군요."

그러나 삼휘의 호의적인 태도는 거기까지였다. 그는 돌연 양미간과 두 눈에서 눈부신 백광을 쏘아내기 시작했다.

"크윽!"

놀란 군무단원들이 낮은 신음과 함께 황급히 몸을 돌려 광채를 피했다.

"뛰어나긴 하지만 너는 당장 내 손에 죽어 마땅한 말들을 계속해서 내뱉었다."

"으으……!"

그 누구도 그를 제대로 바라볼 수 없는 가운데 그의 말이 이어졌다.

"군무단은 엄연히 본 문의 조직이다. 따라서 군무단주를 비롯한 너희 모두는 이미 본 문에 속한 자. 그럼에도 너는 계속해서 본 문을 너와 아무런 상관 없는 곳처럼 말하며 무시했다. 이는 죽어 마땅한 일이다."

"……!"

모용란은 이에 대해 아무런 대꾸도 할 수 없었다. 그러기엔 삼휘에게서 뻗어 나오는 광채가 너무도 강렬했다.

"또한 너는 군무단주에 대하여 가장 중요한 사실 한 가지를 모르고 있다. 그는 여러모로 의심스런 점이 많은 자다. 그가 지금까지 보여준 모습들은 한낱 무공을 익힌 자가 보여줄 수 없는 것들이었다. 그리고 그에 대한 의심은 이번 일로 인해 더욱 커졌다. 우리가 그를 기다리는 가장 큰 이유는 바로 그러한 의심 때문이다. 만일 그가 우리의 의심을 풀어주지 못한다면……."

"단주님을 없애고 우리 모두를 죽일 생각이구려."

위탕복의 음성이었다.

그는 양팔로 눈을 가린 상태에서도 삼휘를 향해 또렷한 음성을 발했다.

삼휘가 내뻗는 광채가 순간적으로 더욱 강렬해졌다.

"네 말대로다. 의심이 풀리지 않는 이상 우리는 더 이상 그를 좌시할 수 없다."

"소문주께서도 허락한 일이오?"

"그렇다."

"하하하하! 그렇군! 그랬어!"

돌연 큰 소리로 웃는 위탕복.

그런 그를 삼휘는 기이하게 바라봤고, 이는 나머지 단원들 또한 마찬가지였다.

웃음소리가 조금 잦아들더니 위탕복은 알 수 없는 말을 중얼거리기 시작했다.

"독수리가 자꾸만 허공을 향해 발톱을 세우더니만, 그것이 광명을 향한 것일 줄이야! 하하하!"

"……!"

그의 말을 알아들은 자와 알아듣지 못한 자가 있었다.

삼휘는 그중 후자였다. 그는 쏘아내던 광채를 거두고는 위탕복에게 물었다.

"무슨 말을 지껄이는 것이냐?"

그의 날카로운 음성에 위탕복은 웃음을 그치고는 그를 향해 말했다.

"소문주께서 단주님에 대한 처분을 당신에게 맡기셨다면 그에 합당한 조치를 취하셨을 거요."

"무슨 소리냐?"

"당신들 둘만으로는 단주님을 이길 자신이 없을 것이니 말이오."

"……!"

삼휘의 얼굴이 딱딱하게 굳었다. 또다시 당장에라도 두 눈에서 광채를 뿜어낼 듯했다

위탕복은 그것을 확인하면서도 담담하게 말을 이었다.

"단주님은 이미 지령문의 문도 여섯을 단신으로 해치웠소. 그런 단주님을 제압할 수 있다는 확신이 당신들에게 있을 리가 없소. 그리고 그 같은 사실을 소문주께서 모를 리가 없을 거요. 그렇다면 응당 단주님을 처결할 수 있도록 사람을 더 보내야 함이 마땅하지 않겠소? 추측컨대 소문주께선 이미 그런 조치를 취한 것 같구려."

삼휘는 비로소 위탕복이 무슨 말을 하는 것인지 알 수 있었다.

"너는 지금 우리가 군무단주를 어찌할 수 없다고 말하는 것이냐?"

위탕복은 삼휘가 말하는 '우리' 에는 삼휘와 오휘 말고도 다른 이를 포함하고 있다는 것을 알았다.

"태산에서 이곳까지는 말을 타고 쉬지 않고 달려도 족히 보름이 넘게 걸리는 거리요. 당신들이 아무리 뛰어나다 한들 태산에서 보낸 자들이 벌써 이곳에 당도했을 리가 없소. 그럼에도 당신들 두 사람 말고도 누군가 더 있다면, 그건 처음부터 그들이 우리 주변에 있었다는 말밖에는 되지 않소."

"그것을 눈치챘다니, 군무단엔 예상 밖의 인물들이 모여 있었군. 한데 너는 그것을 알면서도 그런 말을 지껄이는 것이냐?"

위탕복의 양볼이 실룩거렸다.

"삼휘, 당신은 좀 더 깊이 생각할 필요가 있소. 당신들 외에 누군가 계속해서 우리 주변을 맴돌았다면, 그 같은 사실을 단 주님이 모르고 있었을 리가 없다는 생각이 들지 않소?"

"⋯⋯!"

그의 말에 삼휘의 두 눈이 가늘어졌다. 뭔가가 뜨끔했음이 틀림없어 보였다.

삼휘는 위탕복의 말을 듣자마자 관우가 배 위에서 암곤들의 존재를 알아챘던 일을 떠올렸다.

은밀하기로는 지령문의 암곤들을 따라갈 자가 없다.

관우가 암곤들의 기척을 알아챘다면 주변을 맴돌고 있던 다른 원사들의 존재 또한 알고 있었을지도 모른다는 것을 이제껏 생각지 못한 그였다.

'그렇다면 그것을 알고도 암곤들을 상대로 홀로 싸울 것을 자청했단 말인가?'

지금 주변에 있는 자들은 둘.

태광원 소속의 원사인 사휘와 팔휘였다.

그들은 이곳으로부터 십 리 밖에 있었다. 태산에서부터 이곳까지 항상 그 거리를 유지한 채 일행을 따라왔다.

십 리.

무협에서 관우가 암곤들의 존재를 알아차렸을 때의 거리가 칠백 장이었다.

칠백 장이면 오 리다. 관우가 감지한 거리의 두 배였다.

거기까지 생각이 미친 삼휘는 내심 고개를 저었다.

십 리는 절대 감지할 수 없는 거리였다. 자신도 사휘와 팔휘의 정확한 위치를 파악할 수 없었다. 그럼에도 관우가 그들의 존재를 알아차렸다는 것은 말도 되지 않았다.

"감히 헛된 말로 나를 혼란스럽게 하다니, 네 목은 두 개인가 보구나."

삼휘의 전신에서 살기가 피어올랐다. 그러나 위탕복은 목숨이 경각에 달렸을지도 모르는 상황에서 여전히 태연했다.

"보시다시피 내 목은 하나요. 나는 분명 당신에게 깊이 생각하라 말하였소. 단주님을 없앨 수 있다는 확신이 없다면 단주님을 자극하지 않는 게 좋을 거요. 섣불리 단주님께 손을 썼다가는 돌이킬 수 없는 과오를 저지를 수도 있소. 그것은 당신에게만이 아니라, 광령문 전체를 놓고 볼 때도 손해가 되는 일이 될 거요."

"한 번만 더 입을 놀리면 다신 입을 열지 못하게 될 것이다."

그때였다.

"위 참모는 더 이상 이야기하지 않아도 된다."

매우 익숙한 음성이 지척에서 들려왔다.

모두의 시선이 음성이 들려온 곳을 향하니, 거기엔 관우가 어느새 그들 곁에 나타나 있었다.

믿기지 않는 상황에 모두가 놀라고 있는 사이 관우는 삼휘를 향해 입을 열었다.

"나에 대한 의심이 커졌다고 했는가?"

"……?!"

삼휘는 즉각 대답하지 못했다. 기실 관우의 갑작스런 등장에 가장 놀란 사람은 바로 그였다.

관우가 지척에 이르도록 전혀 알지 못했기 때문이다.

어떠한 기운이나 기척 따위가 전혀 없었던 것이다.

그는 자신을 바라보는 관우의 눈을 보며 또 한 번 놀랐다.

며칠 사이 관우는 달라져 있었다.

뭐라 확실하게 말할 수 없는 변화였지만, 전에 없었던 어떤 힘이 관우의 전신에 서려 있는 듯했다. 그것 때문인지 그의 눈에 관우가 커 보이기까지 했다.

그가 대답이 없자 관우는 다시 물었다.

"내가 소문주의 휘하로 들어가면서 내걸었던 조건이 무엇인지 너는 알고 있는가?"

"언제든지 소문주님의 곁을 떠날 수 있다는 조건 말이냐?"

"그렇다. 하지만 그 조건에는 소문주께서 내건 또 다른 조건이 붙어 있다. 그것은 바로 내가 소문주를 벗어날 능력이 있어야만 한다는 것이다."

"그 이야기를 지금 내게 하는 이유가 무엇이냐?"

"소문주께서 나에 대한 처분을 너희에게 맡기시며 가졌던 뜻이 무엇인지 신중히 판단하라는 말이다. 내겐 소문주의 곁을 벗어날 만한 힘이 아직 없다. 그렇기에 내가 소문주를 등질 일은 적어도 가까운 시일 내엔 없을 거란 말이다. 그리고 그같은 사실은 소문주께서도 잘 알고 있을 터, 그러니 나에 대한 의심은 의심으로 그치는 것이 좋을 거다."

"너는 크게 착각을 하고 있는 것 같구나. 지금 네가 한 말과는 상관없이 내 한마디면 너는 소문주의 손에 죽게 되리란 것을 정녕 모르고 있는 것이냐?"

"착각하고 있는 것은 내가 아니고 바로 너다. 너는 내가 한 말을 이해하지 못하고 있다. 다시 말하지만, 너는 나를 감시하는 선에서 그쳐야 한다. 소문주를 비롯하여 광령문에서 나에 대한 의심이 있음은 익히 알고 있는 바다. 그럼에도 소문주는 내게 임무를 맡겼다. 그건 내가 쓸모가 있다는 뜻이다. 그리고 쓸모가 없어지면 소문주는 언제든지 나를 버릴 수 있다. 한 가지를 묻겠다. 태산을 떠나온 뒤 나를 죽여도 좋다는 별도의 지시를 소문주로부터 받은 적이 있는가?"

"……."

삼휘는 표정을 굳힐 뿐, 대답하지 않았다.

"없을 것이다. 너는 지금 네 판단에 따라 나를 처결하려 하고 있다. 그러나 나에 대한 처분은 오직 소문주만이 내릴 수 있다. 너는 그걸 잊지 말아야 한다."

"으음!"

삼휘는 깊게 침음했다.

관우의 말은 틀렸다. 그러나 또 한편으론 모두 맞았다.

그는 분명 태산을 떠나오기 전 진무영으로부터 관우에 대한 생살여탈권을 부여받았다.

감시를 하다가 배신의 낌새나 이탈에 대한 의심이 될 만한 확실한 정황이 포착되면 죽여도 좋다는 말을 들었던 것이다.

그러나 가만히 그 말을 곱씹으면 그냥 생살여탈권이 아니라 조건부였다.

핵심은 '확실한 정황'이었다.

의심될 만한 확실한 정황이 없으면 죽일 수 없었다. 그래서 그는 관우가 돌아오면 바로 그 확실한 정황을 잡기 위해 관우를 물고 늘어질 심산이었다.

그런데 관우는 돌아오자마자 분명하게 말했다. 적어도 당분간은 자신이 소문주를 등질 일은 없을 거라고. 그러니 자신을 건들지 말라고.

확실하게 말하는 관우 앞에서 삼휘는 솔직히 딱히 할 말이 없었다. 관우를 아무리 의심해 봤자 증거가 없으면 소용이 없었다.

가장 의심이 가는 관우의 정체에 대해서도 관우가 입을 열지 않으면 알 방법이 없는 것이다.

결국 입을 열게 만들려면 관우를 족치는 수밖에는 없는데, 사실상 그건 확실한 정황없이 관우를 해하는 결과가 되는지라 진무영의 지시에 반하는 일이었다.

일이 이렇게 될 수밖에 없는 이유는 애초에 진무영이 자신에게 조건부로 생살여탈권을 줬기 때문이다.

그리고 바로 그것을 두고 관우는 '자신을 처결할 수 있는 사람은 오직 진무영밖에 없다' 라고까지 말하고 있는 것이다.

물론 모든 것을 무시한다면 얼마든지 관우를 해치워 버릴 수도 있었다.

자신과 오휘, 그리고 어디엔가 있을 사휘와 팔휘가 함께라면 관우를 제압하는 것은 일도 아니리라.

삼휘는 갈등했다.

이미 관우에 대한 자신의 생각과 의견은 보고를 올렸다.

그에 대한 진무영의 답신을 기다리느냐, 아니면 지금 자의대로 관우를 처결하느냐……

아니다. 그보다 그의 머릿속을 맴도는 생각은 과연 관우를 없앨 수 있느냐에 있었다.

암곤 여섯.

그리고 자신들은 넷이었다.

자신들이 암곤 여섯을 맞아 싸운다면 그 결과는 예측불허.

암곤들의 힘이 예전보다 강해졌다는 것을 고려하면 더더욱 승리를 장담할 수 없을 터였다.

그런데 관우는 그런 암곤 여섯을 죽였다. 그리고 멀쩡하다.

바로 그 사실이 지금 그를 망설이게 하고 있었던 것이다.

어느 순간 갈등하는 삼휘의 눈이 관우의 눈과 마주쳤다.

'……!'

삼휘는 미미하게 전신을 떨었다.

두려워서가 아니다.

자신이 갈등하고 있음을 관우에게 들킨 것에 대한 수치스러움 때문이었다.

분명 관우는 자신이 갈등을 하는 이유가 무엇인지도 알고 있으리라.

삼휘는 관우를 어찌할 생각을 접었다.

대신 그는 다시 보고를 올리기로 했다.

정체가 무엇이든, 관우는 반드시 없애야만 하는 자였다.

날이 저물자 일행은 근방에서 숙소를 잡았다.

이곳에서 성도까진 반나절 거리. 날이 밝는 대로 당가로 향할 예정이었다.

밤이 깊도록 당하연과 이야기를 나눈 관우는 그녀가 자신의 방으로 돌아간 후 창문을 통해 은밀히 방을 빠져나왔다.

한줄기 바람으로 화한 관우는 두 개의 창문을 지나 세 번째 위치한 창문 틈으로 스며들어 갔다.

방 안엔 여인의 향기가 가득했다.

막 목욕을 끝냈는지 욕조에선 아직도 뜨거운 열기가 올라오고 있었다.

방 안을 살피던 관우는 이윽고 중앙의 탁자로 시선을 고정시켰다. 거기엔 모용란이 다소곳한 자세로 앉아 있었다.

궁장을 벗고 가벼운 경장 차림을 한 그녀는 아직 관우가 들어온 것을 알아채지 못하고 있었다.

잠시 후 관우가 섭풍술을 거두자 그제야 기척을 느낀 그녀가 고개를 관우가 있는 쪽으로 돌렸다.

"어떻게 그곳에……?!"

그녀가 두 눈을 부릅뜨며 소리를 높이려 하자 관우는 가만히 손가락 하나를 자신의 입술 앞으로 가져갔다.

"음성을 낮춰."

모용란은 자신의 실수를 깨닫곤 즉각 입을 닫았다.

기실 관우는 객잔에 들어서기 전 그녀에게 전음을 통해 방으로 찾아가겠다고 기별을 했었다.

전음을 통했기에 관우가 은밀히 자신을 찾을 것을 예상한 그녀였다. 하지만 이렇게 아무런 기척도 없이 나타날 줄은 몰랐다.

잘 알려지진 않았으나 그녀는 이미 무공이 절정에 이른 고수.

모용란은 순간적으로 관우가 인간이 아닌 귀신처럼 느껴졌다.

"저를 이처럼 당혹케 하시다니, 단주님의 정체가 무엇인지 참으로 궁금하군요."

그녀의 말을 들으며 관우는 그녀 앞에 놓인 의자에 말없이 앉았다.

관우에게서 대꾸가 없자 모용란은 살짝 미소를 머금으며 재차 말했다.

"단주님의 정체… 제게만 살짝 말씀해 주실 순 없을까요?"

관우는 그런 그녀의 얼굴을 가만히 응시하며 대답했다.

"때가 되면 알게 될 거야."

"그때는 언제쯤이죠?"

"지금 요희와 나눌 이야기의 결과에 따라 그때가 단축될 수도 있을 테지."

"이렇게까지 말씀하시니, 과연 어떤 이야기일지 기대되는군요."

모용란의 두 눈이 영롱하게 반짝였다.

"부탁할 것이 있어."

"말씀하시지요."

"뇌음사와 곤륜파에 대해 알아봐 줄 수 있겠나?"

"……?"

뜻밖이라는 듯 아미를 살짝 치올리는 그녀.

"쉽지 않은 일이군요."

"빠를수록 좋아."

"훗… 너무 압박을 하시네요. 알고 싶은 내용은요?"

요염하게 웃는 그녀를 보며 관우는 짧게 대답했다.

"전부."

모용란의 미소가 더욱 짙어졌다.

"불가능해요, 본 문 전체를 걸지 않는 한."

"그럼 하오문 전체를 걸도록 해."

"……."

관우는 거침이 없었다.

그런 관우를 모용란은 야릇한 시선으로 바라보았다.

"알수록 모를 분이군요, 당신은……. 이게 그럴 만한 가치가 있는 일인가요?"

"적어도 요희에겐 유익하겠지."

"무슨 뜻이죠?"

"보다 확실한 선택을 할 수 있을 테니까. 나인지… 아니면 광령문인지."

"제가 확실한 선택을 하는 때가 바로 단주님이 말한 그때인 가요?"

관우는 작게 고개를 끄덕였다.

"요희가 나를 선택한다면 그렇게 되겠지."

모용란은 다시 미소를 머금었다.

"단주님이 아닌 광령문을 선택한다면 당장에라도 제 목숨을 끊겠다는 말로 들리는군요."

"……."

침묵하는 관우를 보며 그녀는 가슴이 차갑게 얼어붙는 듯한 기분을 느껴야 했다.

관우가 살기를 쏘아낸 것도 아니며, 어떤 기세를 일으킨 것도 아니었다.

침묵, 그 하나만으로 모든 공간을 제압하는 자.

그런 자가 지금 그녀의 눈앞에 있었다.

모용란은 내심 숨을 고르고는 차분한 어조로 물었다.

"왜 뇌음사와 곤륜파에 대한 정보가 필요하신 건지 모르겠으나, 혹시라도 그들의 힘을 빌리실 생각이라면 그만두시는 게 좋을 거예요."

"왜지?"

"곤륜은 이미 이백 년 전부터 쇠퇴되기 시작했어요. 간간이 있던 중원과의 교류가 완전히 끊긴 지도 백 년 가까이 됐지요. 지금까지 온전히 문파를 유지하고 있는지조차 장담할 수 없는 지경이라고 보시면 될 거예요."

그녀의 말에 관우는 두 눈에 이채를 발했다.

"이미 상당 부분을 알고 있었군. 하면 뇌음사는?"

"그들도 마찬가지예요. 우리 중원인들에게 그들은 여전히 신비에 싸여 있는 이계(異界)와도 같은 곳이지만, 실상은 그와는 정반대예요. 우리가 알고 있던 그런 뇌음사는 이미 수백 년 전에 몰락했어요. 지금은 그 후예들이 간신히 그 명맥을 유지해 오고 있을 뿐이지요."

"그렇군. 그렇다면 그들의 무공은? 아직 이어져 내려오고 있는 것인가?"

모용란은 고개를 끄덕였다. 하지만 그것은 관우의 질문에 대한 긍정의 표현이 아니었다.

"그랬군요. 단주님이 필요한 것은 그들의 무공이군요."

"대답을 듣고 싶군."

관우는 부인하지 않았다. 이에 모용란은 다시 말을 이었다.

"그에 대해선 확실히 알려진 것이 없어요. 조사가 필요하겠지요."

"그럼 그 부분에 중점을 두고 알아보면 되겠군."

"마치 제가 이미 응낙을 한 것처럼 말씀하시는군요."

관우는 모용란을 가만히 응시했다. 그리고 곧 닫았던 입을 떼었다.

"위 참모가 그러더군. 요희는 냉정하지만, 누구보다 마음은 뜨거운 여인이라고."

"……?"

"힘없고 배고픈 자들, 멸시받고 천대받는 자들, 억울하게 자신의 모든 것을 잃은 자들… 그런 자들이 제대로 사는 세상, 희망을 갖고 잘사는 세상을 만드는 것이 바로 요희의 꿈일 거라 하더군."

모용란의 얼굴에서 처음으로 미소가 사라졌다.

"요희가 어천성을 찾은 것도 그런 목적이었을 테지. 그런 원하는 세상을 만들자면 힘이 필요했고, 느닷없이 나타난 어천성은 전혀 예상치 못한 힘으로서 더없이 매력적이었을 테니까."

"무슨 말을 하려는 거죠?"

그녀의 음성은 더없이 가라앉아 있었다.

지금 관우가 언급하고 있는 것은 하오문의 본질이라 할 수 있는 부분이었다. 그 부분에 대한 이야기는 그 누구도 가볍게 이야기해선 안 된다. 때문에 그녀의 태도는 어느 때보다도 진중할 수밖에 없었다.

금방이라도 냉기가 흘러나올 듯한 모용란의 돌변한 모습을 보면서 관우는 내심 고개를 끄덕였다.

'위 참모의 말대로군.'

위탕복은 관우가 하오문에 관한 이야기를 꺼내면 분명 모용란이 이와 같은 반응을 보일 것이라고 말한 바 있었다.

그리고 그녀의 마음을 움직이려면 바로 그 부분을 자극해야한다고 덧붙였다.

그러한 위탕복의 말을 떠올리며 관우는 말을 이었다.

"하지만 어천성은 곧 셋으로 쪼개졌고, 고심 끝에 요희는 광령문을 택했을 거야. 그러나 세 문파가 가진 힘의 우열을 판단하기가 쉽진 않았을 터, 그런 와중에 내가 나타났고, 그로 인해 다시 고민이 시작되었겠지. 그리고 바로 지금에 이르도록 그고민은 더욱 심각해졌을 거야. 어떤가, 내 추측이?"

모용란은 대답하지 않았다. 그저 관우와 시선을 마주할 뿐이었다.

그녀의 머릿속은 잠시 동안 복잡했다. 관우가 한 추측이 다 맞아서가 아니었다. 이런 이야기를 꺼낸 관우의 의도가 무엇인지 파악하기 위해서였다.

하지만 그 답은 매우 쉬웠다. 결국 자신을 끌어들이려는 것이었다.

모용란은 관우의 다음 말이 궁금해졌다.

"모든 것을 떠나 한 가지는 말해줄 수 있지. 요희의 꿈은 광령문을 통해서는 결코 이루어질 수 없다는 걸. 요희의 꿈은 '화합'과 '공의'라는 기초 위에서만 이루어질 수 있는 것. '불화'와 '파괴'로 가득 찬 저들의 힘은 오히려 요희의 꿈을 짓밟고 말겠지."

"마치 광령문의 실체를 모두 꿰뚫고 있는 듯 말씀하시는군요."

"제대로 보았군. 하나 이 정도는 이미 요희도 파악하고 있던 것들이겠지. 그래서 더욱 고민스러웠을 테고."

모용란의 눈빛이 깊어졌다.

약간의 침묵 후 그녀는 관우를 향해 물었다.

"제게 정말로 하고 싶은 말이 뭐죠?"

관우는 지체없이 대답했다.

"나를 도와줘."

예상한 대답이었다.

모용란은 다시 물었다.

"단주님을 도와 제가 얻는 것은요? 제 꿈을 실현시켜 줄 수 있나요?"

물으면서도 그녀는 회의적인 기색을 숨기지 않았다. 마치 관우를 향해 '당신은 그럴 수 없다'라고 말하는 듯했다.

그것을 알면서도 관우는 조금의 동요도 없이 말했다.

"요희의 꿈을 펼칠 수 있는 기회를 주지."

"호호……!"

모용란은 입술을 비집고 나오는 웃음을 참지 않았다. 그러나 그녀는 곧 웃음을 그쳐야만 했다.

"광령문을 비롯한 저들 세 문파가 원하는 것은 고작 이 강호가 아니다. 저들이 바라는 것은 이 땅, 나아가 이 세상 위에 군림하는 것. 저들이 군림하는 세상에선 꿈을 펼쳐 볼 기회조차 얻을 수 없을 거다. 그러나 지금의 세상이 유지된다면 가능할수도 있겠지. 적어도 꿈을 펼칠 기회는 얼마든지 있을 테니까. 알겠나, 저들이 중심이 되어 움직이는 세상의 의미를?"

"지금 한 말은, 당신이 저들을 제압하여 지금의 세상을 온전히 유지시키겠다는 뜻인가요?"

"그렇다."

관우는 그녀가 자신을 부르는 호칭이 바뀌었음에도 개의치 않았다. 지금으로선 그것이 자신과 그녀의 정확한 관계였기 때문이다.

또한 그녀가 자신을 단주가 아닌 '당신'이라고 불렀다는 것은 그녀와 자신과의 사이에 존재했던 광령문이라는 매개체가 제거되었음을 알리는 신호이기도 했다.

한동안 모용란은 말이 없었다. 관우 또한 입을 열지 않았다.

그녀는 자신이 고심하고 있음을 굳이 숨기지 않았다. 그럴 필요가 없었기 때문이다.

바로 이 짧은 시간이 그녀와 하오문의 운명을 결정짓는 순간이 될 터였다. 그리고 그 운명의 칼자루는 자신이 아니라 관우가 쥐고 있었다.

이렇듯 갈등을 함이 당연한 상황에서 굳이 그것을 숨길 필요가 없는 것이다.

그녀는 조금 전 관우에게서 느꼈던 기분을 잠시 떠올렸다.

자신이 관우의 부탁을 들어주지 않으면 관우는 자신을 죽일 것이다. 관우는 그것을 분명히 했다.

이미 관우에 대해 많은 것을 알아버린 그녀. 관우의 입장에선 자신을 돕지 않는 이상 그녀는 살려둬선 안 될 존재였다.

어느 정도 짐작은 했지만 역시 관우는 보통 인물이 아니었다.

모든 이들이 두려워 떠는 세 문파.

바로 그들을 제압하겠다고 나선 자…….

무엇 때문에? 왜……?

전혀 알 수 없었지만, 그것은 중요치 않았다. 제압하겠다고 나선 사실, 그 자체가 중요했다.

그리고 그 일에 자신이 필요하다고 했다.

패마 소광특은 관우의 수하였고, 위탕복마저 이미 넘어간 듯했다. 포람이야 소광특의 입김 하나면 문제도 아닐 터, 지백천은 떠났으니 결국 군무단원 중 자신만 남은 셈이었다.

이런 선택의 순간이 찾아올 줄은 이미 알고 있었다. 다만,

그 시기가 예상보다 조금 일렀다.

죽는 것은 두렵지 않다. 죽음 때문에 갈등하는 것이 아니었다.

방금 관우가 말한 자신의 꿈.

바로 그것이 그녀가 갈등하는 유일한 이유였다.

관우는 목숨을 위협하는 것으로 자신을 겁박하지 않았다.

대신 자신이 목숨보다 중히 여기는 꿈을 이용하여 자신을 회유하고 있었다.

그것은 단순히 조력자를 얻겠다는 것이 아니라, 자신에게 조금이라도 마음을 준 심복을 얻겠다는 뜻이었다.

"하나만 묻겠어요."

마음을 정리한 모용란은 드디어 입술을 떼었다.

"위 참모가 당신을 주인으로 섬긴 이유가 뭐죠?"

이에 관우 역시 침묵을 깨며 말했다.

"그가 몽예력을 지닌 것을 알 텐데?"

"물론 그가 꿈을 통해 당신의 정체를 짐작했다는 것을 알아요. 하지만 그가 짐작만으로 당신을 주인으로 섬겼을 거라고는 생각지 않아요."

"내가 그에게 확신을 줬을 거란 뜻인가?"

모용란은 대답없이 관우와 시선을 마주했다.

관우는 다시 물었다.

"내가 요희에게 확신을 주길 원하는 것인가?"

"위 참모가 당신을 주인으로 섬긴 이유, 그것이면 족해요."

"그거라면 위 참모에게 직접 듣는 것이 확실하겠지."

"당신 입으로 듣고 싶어요."

"이유는?"

"확신이 확신을 낳는 법이니까요."

"……."

관우는 모용란을 새삼스런 눈빛으로 바라봤다.

그녀는 지금 자신이 가진 확신을 보여달라 말하고 있었다.

스스로에게 확신이 없는 자가 남에게 확신을 심어줄 수 있을 리 만무하다는 것을 그녀는 알고 있었던 것이다.

"위 참모가 나를 가리켜 독수리라고 하더군. 하늘과 땅 가운데 속하였으되, 하늘에도, 땅에도 온전히 속하지 않은 존재. 그런 존재들 가운데 으뜸은 독수리라고 했지. 광령문과 수령문, 지령문에 속한 자들은 거의 탈인지경(脫人地境)에 이른 자들, 이미 인간의 힘으론 그들을 제압할 길은 없다. 오직 신만이 그들을 제압할 수 있을 뿐이지."

"신이라… 위 참모가 당신이 바로 그 신이라고 하던가요?"

"나는 신이 아니야."

"……?"

"하지만 저들을 제압하기 위해 신이 되어야 한다면, 그렇게 될 것이다."

"그렇게 될 거란 확신은 있나요?"

모용란의 두 눈은 그 어느 때보다 반짝거렸다.

관우는 그런 그녀의 눈을 바라보며 말했다.

"나 외엔 그 누구도 저들을 제압할 수 없다. 이것이 내가 요희 앞에서 장담할 수 있는 단 하나다."

"……!"

모용란은 순간 관우의 두 눈에 떠오른 거대한 무언가를 보았다. 그것은 그녀가 보길 원하던 확신을 넘어선 것이었다.

범접할 수 없는 미지의 존재가 자신을 집어삼키는 듯한 착각.

'이것이었구나! 이자의 본모습은……!'

잠시 후, 환상에 젖은 그녀의 입술이 살짝 벌어졌다.

"기꺼이 단주님께 하오문의 전부를 걸겠어요."

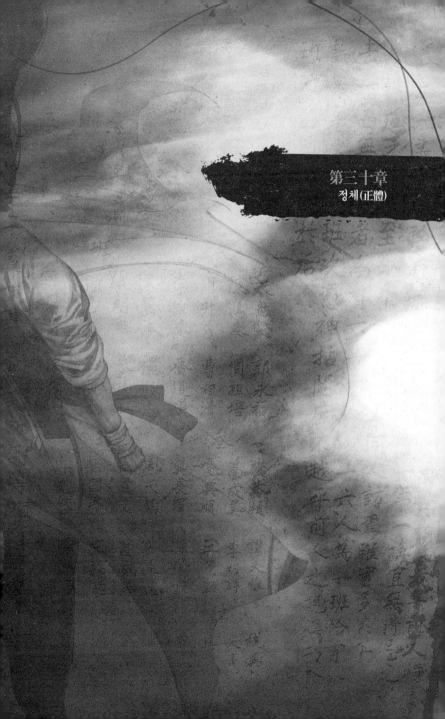

第三十章
정체(正體)

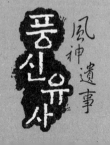

무당이 무너진 것과 광령문과 수령문의 큰 충돌의 결과가 모든 사람에게 알려진 후 석 달이 흘렀다.

그동안 예상외로 강호는 조용했다.

크게 동요하는 모습도, 우왕좌왕하는 기미도 보이지 않았다.

그런 와중에 거취가 불분명하던 당가가 광령문을 지지하고 나섰지만, 이 역시 큰 파장 없이 가볍게 넘어갔다.

그러나 그 누구도 이러한 고요가 계속해서 이어지리라곤 생각하지 않았다.

강호는 이미 언제든 터질 준비가 된 화약고가 된 지 오래였다.

그리고 서서히 다시 화약고가 흔들릴 조짐이 보였다.

한 달 전부터 곳곳에서 간헐적인 충돌이 일어나기 시작한 것이다.

그것은 광령문과 수령문, 지령문에 속한 각 강호방파들 간의 충돌이었다.

"움직임은 어떤가?"

"어제, 오늘 적지 않은 자들이 속속들이 종남산 아래로 모여들고 있어요."

관우의 물음에 모용란은 지체없이 대답했다.

현재 그들이 있는 곳은 여산 남쪽.

종남산과 화산의 중간에 위치한 지점이었다.

진무영의 명에 따라 군무단을 이끌고 다닌 지 벌써 한 달째였다.

그간 주로 강북 지역을 돌아다니며 화산파와 황보세가를 위협하는 수령문 휘하의 방파들을 상대로 싸움을 벌여온 군무단이었다.

지금의 군무단의 수는 삼백이 넘는다.

삼대세가와 소림, 화산에서 파견한 자들이 모두 군무단에 예속되었기 때문이다.

"저들의 수가 얼마나 되지?"

"사백이 조금 안 되는 듯해요."

"이끄는 자는?"

"종남파의 낙일쾌검(落日快劍) 오종록으로 확인되었어요."

낙일쾌검 오종록은 종남의 장로 중 하나였다. 종남의 절기 중 하나인 태을분광검법(太乙分光劍法)을 익힌 그는 별호대로 쾌검에 능한 자였다.

"이끄는 자가 종남의 사람이니 회유가 가능할 수도 있을 듯한데, 단주님께서 직접 그를 찾아가 보심이 어떨까 싶군요."

모용란이 덧붙여 말하자 관우는 아래턱을 매만지며 잠시 생각에 잠겼다.

그녀가 관우에게 이런 말을 하는 까닭이 있었다.

관우는 강호의 방파들을 향해 최대한 무력을 자제했다.

진무영의 명을 받고 나서긴 했지만 절대 먼저 상대를 치는 법이 없었고, 싸움에 임해서는 최대한 서로 간의 피해를 줄이고자 노력했다.

관우가 항상 싸움에 앞장서서 신속히 상황을 정리하는 까닭이 바로 거기에 있었다. 상잔의 비극이 일어나지 않기 위해선 그 방법밖에는 없기 때문이다.

그때 관우의 왼편에 앉아 모용란의 말을 듣고 있는 위탕복이 입을 열었다.

"안타깝지만, 그를 회유할 수는 없을 겁니다."

"……?"

관우는 그에게 시선을 옮겼고, 모용란 또한 흥미 어린 눈빛으로 그를 쳐다봤다.

"이유가 뭐죠?"

그녀가 묻자 위탕복이 대답했다.

"어차피 우리들을 비롯하여 모두는 소모품이오. 소모품은 결국 소모품답게 행동할 것이오."

"소모품답게라… 설마 저들이 자신들이 소모품이라는 사실을 모르고 있을 거라 생각하는 건 아니겠죠?"

위탕복은 웃었다.

"저들이 그것을 모를 리가 있겠소? 내가 말하는 것은 저들이 그것을 알면서도 소모품으로 나섰다는 사실이오. 알면서도 나섰다는 것은, 나설 수밖에 없는 이유가 있다는 뜻이오."

"우리 또한 그걸 알면서 나섰어요. 우리가 나선 이유는 우리가 속한 광령문으로부터 명령을 받았기 때문이에요. 이는 저들도 다르지 않다고 생각하는데……?"

"물론 다르지 않소. 하나 반대로 생각해 보시오. 저들이 우릴 찾아와 회유한다면 어떻겠소? 우리가 과연 저들의 회유에 응할 것 같소?"

"……."

모용란은 잠시 생각했다.

분명 자신이 놓친 부분이 있었다.

아직 세 문파의 힘의 우열이 뚜렷하지 않은 상황이었다.

이런 상황에서 타 세력에 속한 자를 회유하기는 거의 불가능에 가까우리라.

그러나 그녀가 염두에 둔 것은 관우였다.

관우라면 그와 상관없이 저들을 회유할 수도 있다고 본 것이다.

그때 짧은 그녀의 침묵을 파고들고 관우가 입을 열었다.

"내 마음을 헤아린 요희의 뜻은 잘 알겠지만, 위 참모의 말이 맞다. 지금으로선 저들을 회유할 방도가 없어. 게다가 저들 중엔 청성의 무인들이 섞여 있으니, 그들이 나를 받아줄 리 만무하지."

모용란도 관우와 청성의 좋지 못한 관계는 잘 알고 있었다.

관우의 말에 그녀가 수긍하며 잠자코 있자 다시 위탕복이 말했다.

"지금은 아니지만 단주님께서 굳이 나중에라도 저들을 회유하고 싶으시다면 방도가 없는 것은 아닙니다."

"……?"

관우와 모용란의 시선이 그를 향했다.

"힘을 보여주면 되지요. 광령문의 힘이 아닌 군무단, 바로 단주님이 가진 힘을 말입니다."

그 말을 들은 모용란의 두 눈이 반짝 빛을 냈다.

"압도적인 힘이어야겠군요. 감히 맞서지도 못할 만큼."

위탕복은 볼을 실룩거리며 장단을 맞췄다.

"이미 어느 정도는 보여줬다 할 수도 있을 거요."

"하지만 그 정도로는 부족하죠. 좀 더 확실한 뭔가가 필요해요."

"요희, 내 말이 그 말이오."

위탕복이 큼지막한 두 눈을 끔뻑거리자 모용란의 입가에 요염한 미소가 번졌다.

그 미소를 흡족하게 바라보던 위탕복은 이내 침묵하고 있는 관우에게로 시선을 돌렸다.

"소문주가 단주님을 밖으로 내돌리는 까닭은 두 가지입니다. 하나는 단주님에 대한 의심 때문이며, 다른 하나는 단주님을 아끼기 때문입니다."

그의 음성은 어느 때보다 진지했다. 그것을 안 관우는 그를 향해 되물었다.

"나를 아낀다⋯⋯?"

위탕복은 고개를 끄덕였다.

"일전에 제가 나비가 날아든 꽃 옆에 다른 꽃이 피었다 말씀드린 적이 있지요."

"기억하네."

"그땐 말씀드리지 않았으나, 그 꽃은 바로 광령문의 소문주입니다."

"⋯⋯?"

관우는 물론이고, 모용란 또한 약간 놀란 표정이 되었다.

위탕복은 두 사람의 반응에 상관없이 말을 이었다.

"그때 말씀드리지 않은 까닭은 왜 그 꽃이 나비 옆에 피었으며, 또 나비는 왜 그 꽃을 거들떠보지도 않는지, 그 이유를 몰랐기 때문입니다."

"그럼 지금은 알아내었다는 뜻인가?"

"첫 번째 의문은 풀렸습니다. 방금 말씀드린 대로 꽃이 나비가 머물고 있는 곳 곁에 핀 것은 나비를 아낀다는 뜻이지요.

하지만 두 번째 의문은 여전히 확실히 풀리지가 않습니다."

"제가 보기엔 첫 번째 의문도 다 풀리지 않은 것 같군요. 그가 왜 단주님을 아끼는 거죠? 그것도 꽃이라니, 쉽게 납득이 되지 않아요."

모용란의 날카로운 지적에 기분이 좋은지 위탕복의 양 볼이 살짝 떨렸다.

"나 역시 그것이 의문이었소. 단지 한 가지 추측하고 있었던 것은, 그것이 바로 두 번째 의문의 해답과 연관이 있다는 것이었소. 그런데 얼마 전 다시 그와 동일한 꿈을 꾸었는데, 그 속에서 전에는 발견치 못한 사실 한 가지를 알게 됐소."

"그게 뭐죠?"

"꽃에서 향기가 나지 않았소."

"……?"

모용란은 고개를 갸웃거렸다.

"향기가 나지 않는다……? 무슨 의미죠?"

위탕복은 대답하지 않고 관우를 바라봤다.

"혹, 단주님께선 그 의미를 아시겠는지요?"

관우는 잠시 침묵하더니 입을 열었다.

"내 기억으론 그때 위 참모가 말하길, 나비는 곁에 핀 꽃을 거들떠보지도 않았다고 한 것으로 아는데, 그렇다면 그 까닭이 바로 꽃에 향기가 없기 때문이었겠군."

"맞습니다. 같은 꽃이라도 향기가 있는 꽃을 찾는 것이 나비의 본능이지요. 그렇다면 그 꽃에 향기가 나지 않는 이유가 무엇인지도 아시겠습니까?"

"이유는 두 가지 중 하나일 테지. 본래 향기가 없거나, 아니면 향기를 감추고 있거나."

"둘 중 어느 것으로 보십니까?"

"위 참모의 말대로 꽃을 소문주로 본다면… 으음!"

돌연 관우가 침음을 토해냈다.

그리곤 무슨 생각이 떠올랐는지 위탕복을 바라보는 두 눈에 힘을 주었다.

"설마……?"

위탕복은 웃었다.

"나비가 지금 앉아 있는 꽃은 바로 당 소저입니다. 그렇다면 곁에 핀 꽃 역시……."

"여인이란 말인가?"

자신이 말해놓고도 믿기지가 않는 관우였다.

진무영이 여인이다.

일단 그런 생각을 갖게 되자 그의 빼어난 용모와 유난히도 맑은 음성이 예사로 여겨지지가 않는다.

지금껏 자신을 대했던 그의 말과 표정, 행동들이 하나하나 뇌리를 스쳐 지나갔다.

'진정 여인이란 말인가?'

다시금 속으로 의문을 던진 관우였다.

위탕복의 꿈, 정확히 말해 그의 몽예력은 지금껏 단 한 번도 틀린 적이 없었다.

그만큼 그의 꿈에 대한 해석이 정확하다는 증거였다.

믿기지 않는 사실이 믿을 만한 사실이 될 수밖에 없는 상황이었다.

하지만 진무영이 남장 여인이란 사실보다 더욱 놀라운 것은 그가 자신을 아낀다는 것이었다.

자신을 아껴서… 자신의 곁에 꽃을 피웠다.

"으음……."

관우는 자신도 모르게 또다시 침음을 흘렸다.

그때 관우만큼이나 놀란 모용란이 입을 열었다.

"소문주가 정말 여인이라면 큰 변수가 아닐 수 없군요. 그가 단주님을 아끼는 마음에 사내를 향한 여인의 연정이 섞여 있다는 뜻이니까요."

그녀의 말에 위탕복이 고개를 끄덕이며 관우를 향해 말했다.

"요희의 말이 맞습니다. 제가 드리고자 한 말씀도 바로 그것이지요. 여심(女心)은 복잡하나 이용하기에 따라 큰 이득을 취할 수 있습니다. 소문주가 단주님께 가지고 있는 호감을 잘만 이용한다면 일을 펼쳐 나가는 데 있어 당하게 될 어려움을 크게 줄일 수 있을 겁니다."

관우는 두 사람이 하고 있는 말의 뜻을 잘 알았다.

진무영이 여인이라는 사실은 극비일 가능성이 컸다. 그의 행동과 말투는 완전한 사내의 것이었다.

체격 또한 그리 왜소하지 않아 의심을 살 만한 것이 전혀 없었다. 다만 여느 미녀들보다 빼어난 용모만은 감출 수 없었지만 말이다.

아무튼 그러한 큰 비밀을 알게 되었다는 건 관우에게 있어 뜻밖의 묘수가 될 수 있었다.

나는 상대의 감춰진 패를 알고 있는데, 상대는 내가 그 패를 알고 있다는 사실조차 모르는 상황.

게다가 진무영이 자신에게 관심을 갖고 있기까지 하니…….

위탕복의 말대로 이용 가치가 무궁했다.

생각을 마친 관우는 모용란을 향해 물었다.

"요희, 대선공은 아직인가?"

대선공이라 함은 만유반야대선공(萬有般若大禪功)을 이름이었다.

모용란은 하오문의 모든 정보력을 동원하여 두 달 만에 뇌음사와 곤륜파에 대한 모든 정보를 입수했다.

아쉽게도 곤륜파는 이미 몰락하여 본래 가지고 있던 무공 대부분이 실전된 상태였다.

뇌음사 역시 크게 쇠퇴된 상태였으나 곤륜파는 달리 글로나마 그 진전을 고스란히 이어오고 있었다.

만유반야대선공은 바로 뇌음사가 간직한 무공 중 가장 정심한 무공이었다. 만유반야대선공이야말로 그 옛날 달마가 소림에 전한 무공의 근간이자 원류였던 것이다.

그러한 사실을 알게 된 관우는 모용란에게 즉각 대선공을 입수해 줄 것을 부탁했다. 하지만 아직까지 입수에 성공하지 못하고 있었다.

지금 역시 모용란의 표정은 밝지가 않았다.

"안 그래도 그에 대한 보고를 드리려고 했어요. 일차로 거금을 들여 비급을 넘겨받으려 한 것이 실패하고, 이차로 본 문의 신투(神偸)들을 투입시켰지만 그 역시 실패하고 말았어요. 비급을 절대 외부로 유출시키지 않겠다는 뇌음사의 뜻이 확고하니 다른 방도로는 입수하기가 불가능할 듯해요. 결국 남은 방법은 한 가지, 뇌음사와 전면전을 벌이는 수밖에는 없어요."

관우는 작게 고개를 끄덕였다. 쉽지 않을 것이란 건 알고 있었다.

아무리 쇠퇴했다곤 하나 천 년이 넘도록 불도에서 벗어나지 아니하며 그 혼을 지켜온 곳이다. 그러한 혼이 담긴 비급을 함부로 넘겨준다는 것 자체가 어불성설이었다. 제대로 된 곳이라면 말이다.

그것을 알면서도 일단 모용란에게 맡겼다. 그만큼 시급했기 때문이다. 당장에는 자신이 천축까지 갈 수가 없는 상황이었던 것이다.

하지만 관우는 이제 생각을 달리했다.

모용란에게 그에 대하여 물은 까닭이 바로 거기에 있었다.

"그 일은 그쯤에서 그치도록 해."

모용란은 관우의 말이 뜻밖이었는지 확인하듯 물었다.

"전면전을 벌이지 말라는 말씀인가요?"

관우는 고개를 끄덕였다.

"내가 직접 뇌음사로 가겠어."

"단주님께서 직접? 소문주가 그것을 허락해 줄 리가⋯⋯?"

"허락을 받아내야겠지."

모용란은 그제야 관우의 의중을 눈치채곤 두 눈에 이채를 떠올렸다.

관우는 진무영의 자신을 향한 마음을 이용하여 허락을 받아 낼 심산이었다.

지금까지는 감히 말을 꺼낼 수 없었지만, 진무영의 비밀을 알게 된 이상 충분히 시도해 볼 만하다고 여긴 것이다.

"쉽진 않을 겁니다. 소문주가 여인이라곤 하나, 보통의 여인 들과는 분명 다르니까요."

역시 관우의 속내를 알아챈 위탕복이 옅은 미소를 머금으며 말했다.

모용란은 그가 떠올린 미소의 의미를 알 수 있었다.

쉽지 않을 것임에도 관우라면 해낼 수 있다는 믿음이 거기 엔 담겨 있었다.

그리고 그러한 생각은 그녀 역시 마찬가지였다. 그렇기에 그녀는 그에 대하여 더 이상 언급하지 않았다.

세 사람 간의 이야기가 끝난 뒤 관우의 막사엔 다시 세 사람 이 더 들어왔다.

그들은 소광륵과 포랍, 그리고 우람한 체구를 지닌 한 승려 였다.

승려는 다름 아닌 소림의 장로 대허였다. 그는 소림을 대표하여 나한전의 무승들인 십팔나한을 이끌고 군무단에 가담하였다.

관우는 그를 부단주로 삼아 나머지 화산파와 삼대세가에서 보내온 무인들을 직접 통솔하게 했다. 화합을 위해서는 그것이 최선이었기 때문이다.

본래 군무단원이었던 소광륵 등 네 사람은 정파인들인 그들과는 처음부터 쉽게 소통하기 어려운 점이 있음을 고려한 처사였던 것이다. 소광륵 등은 단주 직속의 참모와 호법들로 남았다.

그들이 들어오자 종남산 아래 모여 있는 자들에 대한 대책 회의가 본격적으로 시작되었다.

"아미타불, 전면전은 반대요."

대허가 나직한 불호와 함께 말했다.

회의가 열리는 동안 잠잠하던 그가 입을 연 이유는 전면전을 취하자는 소광륵과 포랍의 주장 때문이었다.

그는 나이 어린 관우를 향해 최대한 예를 갖추며 말을 이었다.

"어쩔 수 없이 싸움에 임한다곤 하나, 이것이 강호가 공멸로 가는 길임은 모두가 주지하고 있는 사실이오. 지금까지 그래 왔듯 최대한 서로 간의 피해를 최소화하는 선에서 싸움을 마치는 것이 좋을 것이오."

"말은 좋지만 어차피 그게 그거 아닙니까?"

그의 말을 포랍이 다시 반박하며 나섰다.

"죽고 죽이는 싸움에서 배려 따위가 어디 있습니까? 일단 서로 칼을 들이대면 뵈는 것이 없는 겁니다. 그리고 피해를 최소화하자고 하셨는데, 그러면 괜한 고생만 더할 뿐입니다. 보시는 바와 같이 우두머리 몇 사람 죽이는 걸로 싸움을 끝냈더니만, 살아남은 녀석들이 다시 뭉쳐서 또 덤벼들고 있지 않습니까? 어차피 계속 싸울 수밖에 없다면 차라리 다신 덤비지 못하도록 확실히 밟아주는 게 좋습니다."

포랍의 말에 대허는 미간을 찌푸렸다. 조금 거친 말투인 것이 흠이었지만, 크게 틀린 말은 아니었다.

그 역시 포랍이 말한 점을 인지하고 있었기에 고민이 많았다.

하지만 당장에 취할 수 있는 다른 방도가 없기에 일단은 보다 많은 목숨을 살릴 수 있는 쪽을 선택할 수밖에 없었던 것이다.

그때 두 사람의 말을 듣고 있던 관우가 대허를 향해 입을 열었다.

"둘 다 틀린 말이 아닙니다. 하나 지금으로선 우리의 처지대로 움직일 수밖에 없습니다. 대사께선 그 점을 유념하시고 싸움에 임해주시길 바랍니다."

"그 말씀은 이번 싸움에선 전면전을 벌이겠다는 뜻이오?"

확인하듯 묻는 대허의 표정은 딱딱하게 굳어 있었다.

"그럴 것입니다. 하나 전면전을 택한 까닭은 저들을 섬멸하기 위해서가 아니라, 군무단이 가진 힘을 확실히 드러내기 위함입니다."

"군무단의 힘을 드러낸다니? 그게 무슨 뜻이오?"

"나는 광령문이 아닌 다른 곳에 속한 강호의 방파들을 모두 광령문 쪽으로 돌릴 생각을 갖고 있습니다. 이를 위해선 군무단의 힘을 보여줄 필요가 있지요. 이미 지금의 싸움은 광령문 등 저들 세 문파와는 상관없이 돌아가고 있습니다. 강호문파끼리의 싸움이라고 봐도 무방할 정도로 저들은 전혀 나서지 않고 있지요. 이렇듯 강호를 죽이려는 의도를 노골적으로 드러내는 마당에 이러한 싸움을 계속할 아무런 까닭이 없습니다. 속히 끝내는 것이 좋겠지요."

"으음……."

대허의 굳었던 얼굴이 조금 풀어졌다.

그는 어천성이 분열되기 전 관우가 자신의 사형인 대광과 자신을 찾아왔던 때를 떠올렸다.

그때도 관우는 강호가 분열되는 것을 우려하여 광령문을 지지하라고 부탁했었다. 비록 무당 때문에 그 일이 틀어지긴 했으나 관우는 다시금 강호를 하나로 만들 계획을 이야기하고 있었다.

군무단을 이룬 여러 문파 중 으뜸은 단연 소림이지만, 군무단의 상징은 소림이 아니었다. 군무단의 상징은 바로 관우, 그 자신이었다.

군무단의 힘을 보여주어 여타 문파들을 광령문 쪽으로 돌리겠다는 말은 곧, 관우 자신의 힘으로 강호를 하나로 만들겠다는 것과 다르지 않은 것이다.

문득 한 가지 의문이 떠오른 대허가 물었다.

"혹, 가지고 있던 힘의 제약이 풀린 것이오?"

그가 관우의 정체를 드러내는 말을 꺼냈지만, 이 자리에서 그것을 기이하게 여기는 자는 아무도 없었다. 이미 관우가 누구인지, 무엇을 하려는지 모두 알고 있는 그들이었다.

관우는 대허의 질문에 고개를 저었다.

"아직은 아닙니다."

"으음, 모르긴 해도 단주가 강호문파들을 모두 포섭하려 들려는 것을 알게 되면 저들이 가만히 있진 않을 것이오. 저들의 속셈은 계륵과도 같은 강호방파들이 서로 싸워 끝내 사라지는 것이니, 광령문의 소문주 또한 이를 허락하지 않을 거라 보는데……."

"대사의 말씀이 맞습니다. 그 때문이라도 일을 벌이기 전에 그를 만날 필요가 있지요. 나는 지금 당장 소문주를 만나기 위해 태산으로 갈 것입니다."

그 말에 대허는 약간 놀란 표정으로 물었다.

"지금 당장 말이오? 이곳의 싸움은 어찌하고……?"

"이곳의 싸움은 보름 뒤로 미룹니다. 저들이 먼저 공격을 해올 시엔 적당히 뒤로 물러나 시간을 끄십시오. 나머지 단원들에겐 대사께서 직접 지시를 내리십시오."

"그가 과연 단주의 생각을 받아들이겠소?"

대허는 약간의 염려 섞인 음성으로 물었다.

관우는 그런 그를 응시하며 담담히 대답했다.

"그렇게 해야 할 필요성을 그에게 인식시켜야 하겠지요."

"정말 혼자 갈 거야?"

당하연은 떠나기 전 자신의 막사를 찾아온 관우를 향해 물었다.

"응. 그래야 빨리 다녀오지."

관우는 그녀를 향해 옅은 미소를 그려 보였다.

또 잠시 떨어져야 한다.

아쉬움과 미안함이 그 미소에 담겨 있었다.

그러한 관우의 마음을 짐작한 당하연은 짐짓 눈을 흘기며 말했다.

"아주 나를 방해꾼 취급한다, 이거야?"

"이런, 그런 게 아니란 거 잘 알잖아."

"몰라!"

빽! 하고 소리를 지르는 그녀를 보며 관우는 실소할 수밖에 없었다.

더없이 귀엽기도 하고, 뭔가 마음이 따스해지는 것이 좋은 기분이었다.

관우는 자신을 무섭게 노려보고 있는 그녀의 손에 자신의 손을 가져갔다.

그것을 보면서도 당하연은 빼기는커녕 오히려 손을 들어 다가오는 관우의 손을 마중 나갔다.

"너무 무리하진 마. 무슨 뜻인지 알지?"

손을 맞잡은 그녀가 먼저 입을 열었다. 매서운 눈초리는 이미 온데간데없이 그윽한 시선만이 있을 뿐이다.

관우는 말없이 고개를 끄덕이고는 다른 손으로 그녀의 얼굴을 쓰다듬었다.

"나 없다고 울지 말고 밥 잘 먹고 잘 자야 해. 알았지?"

"으이그! 이젠 애 취급까지 해?"

인상을 쓰는 그녀지만 관우의 손길을 피하진 않았다.

"음, 그런데 말이야."

"……?"

당하연이 뭔가 말을 하려는 듯 망설이자 관우는 의문스런 눈길로 그녀를 바라봤다.

"나한테 할 말 있어?"

하지만 당하연은 이내 고개를 젓더니 새침한 표정이 된다.

"에잇! 아니다. 그냥 말 안 할래."

"뭐야? 그러니까 더 궁금한걸?"

"다녀오면 말해주지 뭐."

그녀가 대답을 피하자 관우는 두 눈을 게슴츠레하게 뜨며 손가락으로 그녀의 볼을 쏘옥 눌렀다.

"궁금하게 해놓고 말 안 하기야?"

그랬더니만 그녀의 표정이 딱딱하게 굳어진다.

"어쭈! 지금 나 찌른 거야? 오라버니, 이제 막 나가는 거지?"

콕!

"윽!"

그녀에게 기습적으로 옆구리를 찔린 관우가 반사적으로 팔을 내려 몸통을 보호했다.

"연 매, 해보자는 거야?"

관우는 짐짓 음침한 눈빛으로 그녀를 응시하더니 재빨리 그녀의 옆구리에 응징을 가했다.

"아얏! 이잇!"

콕! 콕! 콕!

"윽! 앗! 그만! 하하!"

"오호! 아픈 척하더니 이젠 막 웃네? 재밌다, 이거지?"

콕! 콕······!

"하하! 그만, 그만하라니까! 앗! 정말 계속 이러면······!"

"이러면 뭐! 어쩔 건데! 히히!"

당하연은 자신의 지법(?)에 요리조리 몸을 피하는 관우의 모습이 우스웠는지 결국 웃음을 터뜨리고 말았다.

그러던 어느 순간,

"엇!"

그녀는 작은 경호성과 함께 움직임을 멈췄다.

스스로 멈춘 것이 아니다. 그녀의 두 손은 이미 관우에게 붙들려 있었다.

동그란 눈으로 자신을 쳐다보는 그녀를 향해 관우가 나직하게 말했다.

"뽀뽀해 버리는 수가 있어."

"……!"

잘게 흔들리는 당하연의 눈동자.

그녀는 결국 얼굴을 붉히며 시선을 떨궜다.

"뭐, 뭐야… 장난한 거 가지고 엄살은……."

그녀답게 당당히 한마디를 날려보지만 목소리가 기어들어
간다.

관우에게 잡힌 손을 서둘러 빼려 하는 그녀.

하지만 손이 빠지질 않았다. 그럴수록 붙잡은 관우의 손에
서 더욱 큰 힘이 느껴질 뿐이었다.

"알았어. 그만할 테니까 이거 놓……."

"고마워."

"……?"

"연 매가 지금 내 곁에 없었으면 어땠을까?"

당하연은 숙였던 고개를 다시 들어 관우를 바라봤다. 관우
의 얼굴엔 더없이 따스한 미소가 떠올라 있었다.

그녀의 눈을 보며 다시 입을 여는 관우.

"연 매가 있어 내 마음이 쉼을 얻어."

"……!"

순간 울컥한 당하연의 눈가엔 어느새 물기가 어렸다.

그 어떤 고백이 이보다 감격스러울 수 있을까?

'역시… 말 안 하길 잘했어.'

그녀는 생각했다.

자신에게 닥친 일은 자신 스스로 해결을 하겠노라고.

그것이 관우의 쉼을 방해하지 않는 것이자 자신이 관우에게 해줄 수 있는 작은 일이라고.

그러나 그런 그녀의 생각은 오래가지 못했다.

이미 관우의 입술이 그녀의 입술을 덮고 있었기 때문이다.

관우가 떠나고 얼마 후, 그녀의 막사에 다시 한 사람이 찾아왔다. 그는 다름 아닌 당일문이었다.

그의 방문을 받은 당하연의 표정은 딱딱하게 굳었고, 당일문의 표정 역시 심각했다.

"본 가에서 다른 전갈이라도 보내온 건가요?"

"조금 전에 당도했다."

당일문은 품속에서 서신 한 장을 꺼내 그녀에게 건넸다.

서신을 받아 든 당하연은 한차례 마음을 가다듬고 서신을 읽어 내려갔다.

한 달 전과 상황이 또 달라졌다. 진척은 더욱 빨라져서 이제 곧 시술의 성공이 눈앞이다. 때문에 계획을 앞당겨야 할 듯하니, 너는 내가 일러준 대로 군무단을 떠날 준비를 하거라.

서신은 당인효가 보내온 것이었다.

이후의 내용은 군무단을 떠남에 있어 필요한 몇 가지 지시 사항들이 적혀 있었다.

서신을 접은 그녀는 낮게 침음하며 생각에 잠겼다.

그녀가 그녀의 아버지 당정효에 관한 소식을 접한 것은 한 달 전이었다.

당인효에게서 갑자기 날아온 서신은 그녀를 큰 경악과 혼란에 빠뜨렸다.

구극독령술과 독인, 그리고 당가가 가진 모든 계획들까지…….

아버지 당정효가 폐관에 든 줄로만 알고 있던 그녀로선 그야말로 벼락을 맞은 듯한 기분이었다.

간신히 정신을 추스르고 나자 관우에게 생각이 미쳤다.

관우는 계획을 가지고 광령문에 몸을 담고 있었다. 아직 때가 아닌고로 정체를 드러내지 않고 있다.

그런데 자신의 가문인 당가에서 나름대로 계획을 세워 광령문 등 세 문파에 대항하려 하고 있었다.

이것은 모든 판도에 변수가 될 것이 분명하며, 관우에게도 변수가 될 터였다.

구극독령술이 정확히 무엇인지는 알지 못했으나, 숙부인 당인효가 자신하는 것을 보면 그로 인해 탄생될 독인은 막강한 위력을 지녔을 것이다.

그러나 당하연은 그것으로 과연 광령문 등을 상대할 수 있을지 의문이었다.

그녀가 가까이에서 지켜본 관우는 이미 사람으로서의 한계를 뛰어넘은 자였다.

종적을 감추고자 하면 누구도 발견할 수 없고, 바람이 되어 한순간에 공간을 격하며, 마음만 먹으면 모든 것을 파괴할 수 있는 힘을 가졌다.

　하지만 그런 관우조차도 아직 그들에 대항하지 못하고 있다. 분명 관우는 풍령문의 전인인 자신이 아니면 아무도 그들을 제압할 수 없다고 말한바 있었다.

　관우의 말대로라면 그녀의 아버지가 독인이 된다 한들, 또 다른 독인들을 여럿 만든다고 한들 저들을 상대하지 못할 것이다. 그리고 그녀는 관우의 말을 믿었다.

　그렇다면 막아야 했다.

　관우를 위해서, 또 당가를 위해서.

　그래서 관우에게 이야기를 꺼낼까 많이 망설인 그녀다.

　하지만 결국 하지 못했다.

　처음엔 자신의 가문, 특히나 자신의 아버지와 관련된 비밀이라 말을 꺼내기가 쉽지 않았고, 조금 전에는 중요한 일을 위해 떠나는 관우의 마음을 무겁게 하기 싫어 말을 못했다.

　그리고 다시 들려온 소식.

　이젠 더 지체할 시간이 없다. 당인효의 지시가 아니더라도 즉시 당가로 달려가야만 했다.

　'반드시 막아야 해!'

　차라리 관우가 자리를 비우고 있는 것이 다행이라 생각하는 그녀였다.

*   *   *

진무영은 오랜만에 장청원의 처소를 찾았다.

평소에 종종 찾았으나, 두 달 전부터는 그러질 못했었다. 장청원이 자리를 비웠었기 때문이다.

무당을 치고 돌아오던 중 지령문으로부터 당한 습격에서 유일하게 살아남았던 장청원은 두 달 동안 자신의 가문에서 지내다가 어제 다시 태산으로 돌아왔다.

"장 숙, 몸은 좀 어때?"

"소주께서 염려해 주신 덕분에 모두 회복이 되었습니다."

"하긴, 장 숙의 가문이 있는 그곳이 심신을 달래기엔 더없이 좋은 곳이지. 그리고 보니 열 살 때 아버지를 따라가 본 것이 마지막인 것 같군."

"그곳은 달라진 것 없이 여전합니다. 여건이 되면 한번 모시도록 하지요."

"훗, 기대되는군. 자! 그러자면 서둘러 이 복잡한 판세를 깨끗하게 정리해야겠지?"

진무영이 의욕적인 눈빛으로 말하자 장청원이 입을 열었다.

"오자마자 지금까지 보고된 사항들을 모두 살펴보았습니다."

"어떤 것 같아?"

"수령문에서 강호방파들을 본격적으로 끌어들여 도발을 해온 것에 대한 대처는 적절했다고 생각합니다."

"역시 그렇지? 이젠 장 숙 없이도 잘할 수 있다니까?"

"하나 지금의 군무단주에게 그 일을 맡긴 것은 그리 바람직하지 않다고 보여집니다."

"왜지?"

"그를 감시했던 태광원의 삼휘가 올린 보고문을 보았습니다. 거기엔 군무단주를 반드시 없애야 한다고 써 있더군요. 당시 군무단주가 행한 일들이 보고에 나와 있는 대로라면, 그는 삼휘의 판단대로 위험한 인물이며 제거할 필요가 있는 자입니다."

"그의 정체가 불확실해서인가?"

장청원은 고개를 저었다.

"그의 정체는 문제가 아닙니다. 가장 중요한 것은 그가 진정한 소주의 충복인가 하는 것이지요."

"그 말은 충복이 아니란 뜻이군."

잠시 침묵하던 장청원은 진무영을 지긋한 시선으로 바라보며 말했다.

"이미 소주께서도 아시는 일입니다. 그럼에도 왜 그를 살려두십니까?"

이에 진무영은 그의 표정이 어느 때보다 진지함을 보곤 미소를 머금었다.

"뭐, 이유는 간단하지. 그런 까닭으로 죽이기는 아까운 자야. 그럴 거면 애초에 내 밑에 두려고 하지도 않았을 테니까."

장청원은 내심 고개를 끄덕였다. 그로서도 짐작했던 대답이었다. 하지만 그가 듣고 싶은 것은 그게 다가 아니었다.

"소주께서 그자에게 호감을 갖고 계신 것은 잘 알고 있습니다. 그는 확실히 남다른 기품(氣稟)을 지닌 자이지요."

그를 보는 진무영의 두 눈에 이채가 어렸다. 그가 지금 자신의 마음을 떠보고 있음을 알기 때문이다.

"무얼 걱정하는 거지, 장 숙? 내가 그자에게 홀딱 반하기라도 하여 판단을 그르칠까 봐?"

"상황은 처음 본 문이 예상하던 것과는 전혀 다르게 진행되었습니다. 지금의 수문과 지문은 우리가 알고 있던 수문과 지문이 아닙니다. 이제 저들은 능히 본 문을 위협할 수 있을 만한 힘을 가졌습니다."

장청원의 음성은 조심스러우면서도 힘이 있었다.

"소주를 믿습니다. 하나 지금은 주변의 작은 것 하나라도 경홀히 여길 수 없는 지경이지요."

"마치 다시 어릴 적으로 돌아간 듯한 기분이군."

장청원은 웃었다.

"주제넘게도 제가 소주를 나무란 적이 많이 있었지요."

두 사람은 동시에 예전을 떠올리며 서로를 바라봤다.

"장 숙이 말한 대로 수문과 지문이 예상 밖으로 강해졌다곤 하지만, 여전히 본 문은 저들을 제압하고도 남음이 있지. 나는 군무단주가 판세를 좌우할 만한 존재가 아니라 생각하는데, 장 숙은 아닌가 보군."

진무영은 짐짓 안타깝다는 듯한 표정을 지었다. 이에 장청원은 얼굴에 떠올랐던 미소를 지우며 말했다.

"소주, 사천 년을 기다린 대망을 눈앞에 두고 있습니다. 그 것이 크든 작든 거치는 것은 무엇이든 용납될 수 없습니다."

"기어이 군무단주를 제거하란 말이군. 흐음, 그래도 제법 본 문을 위해 공을 세우고 있는데 말이지. 지켜보는 것만으로도 흥미롭지 않아? 과연 무슨 생각을 품고 있는지도 기대되고 말 이야."

장청원은 내심 한숨을 내쉬었다. 예상대로 진무영은 뜻을 굽히지 않았다. 하지만 그 역시 물러설 순 없었다.

"소주, 앞서 보고문들을 읽으며 이미 저는 군무단주를 제거 하기로 마음을 먹었습니다. 소주께서 원치 않으신다면 별수없 이 이 일을 주공께 아뢸 수밖엔 없습니다."

"허! 장 숙, 정말 이러기야?"

진무영은 그답지 않게 울상을 지어 보였다.

그때였다.

"군무단주가 당도했습니다."

"군무단주가?"

밖에서 고하는 소리에 진무영과 장청원 모두 의외라는 시선 으로 서로를 바라봤다.

분명 며칠 전까지 섬서에 있었던 관우가 자신이 부르지도 않았는데 갑자기 이곳에 나타날 이유가 없는 것이다.

내심 고개를 갸웃거린 진무영은 이내 무슨 생각이 들었는지 미소를 띠며 장청원을 향해 말했다.

"마침 잘됐어."

"……?"

"모든 문제는 군무단주가 확실한 내 사람인가 하는 것에 달린 것일 테지?"

"그는 처음부터 소주의 사람이 아니란 것을 숨기지 않았습니다."

"물론 그랬지. 하면 그를 확실한 내 사람으로 만들면 모든게 해결되는 것이겠군? 장 숙도 더 이상 신경 쓰지 않아도 되고, 아버지께 아뢸 필요도 없고 말이야."

"무슨 생각을 하고 계신 겁니까?"

"군무단주를 내 사람으로 만들겠어."

장청원은 약간의 염려스런 눈빛으로 진무영을 응시했다.

"군이 이렇게까지 하셔야겠습니까?"

"이렇게까지 하게 만든 건 장 숙이지. 나는 그저 지켜보려했던 것뿐인데 말이야."

"그는 소주의 사람이 되지 않을 겁니다."

장청원은 단언했다.

하지만 진무영의 얼굴엔 더욱 짙은 미소가 그려질 뿐이었다.

"그래도 기회는 한 번 주고 싶어. 그럼에도 안 된다면, 그땐내 손으로 그를 죽여야겠지."

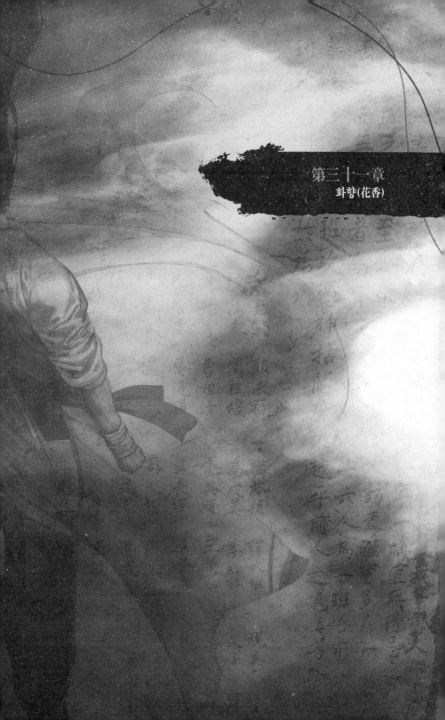

第三十一章
화향(花香)

風神遺事

풍신유사

진무영은 관우를 이끌고 자신의 거처 밖으로 나왔다.

뜰에는 며칠 전 내린 눈이 녹지 않고 곳곳에 남아 있었다.

정오의 태양을 받고 더욱 희게 빛나는 백설이었다.

차가운 바람이 살갗에 닿음을 느끼며 두 사람은 뜰 여기저기를 거닐었다. 진무영이 앞섰으며 관우는 그의 뒤를 따르고 있었다.

"여기저기서 너를 죽이라고 난리군. 어찌해야 할지 고민이야."

"강호는 충분히 이용 가치가 있습니다. 강호를 버리는 것은 저들이 원하는 대로 따라주는 것, 우리에겐 득이 될 것이 없습니다."

"내가 고민하는 이유가 뭔지 알아?"

"수령문과 지령문의 힘이 예상 밖으로 강해졌다는 것을 알고 있습니다. 그런 그들이 먼저 강호를 버리고자 하는 것은 그만한 자신감이 있기 때문이라 생각합니다. 그들의 뜻대로 따라주는 것은 훗날 우리에게 어려움으로 다가올 것입니다."

관우는 계속해서 자신이 할 말만을 하고 있었다.

그럼에도 진무영은 관우를 책하지 않았다. 오히려 그는 이런 식의 대화를 즐기는 듯한 표정이었다.

"후후, 바로 이런 점 때문에 내가 군무단주를 죽이지 못하는 것이지. 분명 위치는 내 수하인데, 마치 내 친구나 형제같이 느껴진다고나 할까? 묘하게 내 기분을 자극하면서 나로 하여금 계속 지켜보고 싶게 만들지."

"저들의 그런 의도를 뒤집어 오히려 강호 전체를 본 문으로 끌어들인다면 분명 우리에겐 득이 될 거라 봅니다."

이번에도 역시 관우가 자신의 말에 대꾸를 하지 않자 진무영은 살짝 미간을 찌푸렸다.

"이보라고, 군무단주. 생사가 오가는 일이야. 나는 당장 너를 죽일 수도 있어. 그럼에도 계속 그따위 말을 지껄이는 건가?"

"……."

그러자 드디어 관우가 침묵했다. 그리고 곧 입을 열었다.

"소문주께서 지금 말씀하신 대로 나를 죽이느냐 살리느냐는 소문주님의 판단에 달린 일입니다. 그에 대해 할 말이 없는 것은 당연하지요."

그 말에 진무영이 걸음을 멈추곤 신형을 돌려 관우를 주목했다. 관우의 담담한 표정을 본 그의 두 눈이 돌연 하얗게 변한다.

"역시 당돌해. 물론 그런 점이 마음에 들긴 하지만, 그런 태도도 살아 있을 때에나 가능한 거야. 조금은 내 기분을 고려할 필요가 있지 않을까?"

관우는 그의 두 눈에서 서서히 뿜어져 나오는 광채를 보면서도 그것을 피하지 않았다.

"물론 소문주께서는 언제든 나를 죽일 수 있겠지요. 그러나 내가 죽느냐 사느냐는 소문주님이 아닌 내 능력에 달린 일이 아니겠습니까?"

진무영의 표정이 굳었다. 그의 두 눈에서뿐만 아니라 이젠 미간에서도 희끗한 것이 요동치기 시작했다.

"그 말은… 죽지 않을 자신이 있다는 뜻이야?"

"지금은 어려울지도 모릅니다."

"하지만 나중엔 자신있다? 그럼 지금 죽여야 하는 건가?"

순간,

팟!

무수한 빛살이 진무영의 전신에서 뻗어 나왔다.

그것은 마치 그물처럼 관우를 뒤덮었다.

이에 관우는 초의분심공을 통해 이중으로 섭풍술을 펼침과 동시에 무계심결을 운용하여 주변을 보호했다.

관우가 자신이 쏘아낸 광파 속에서도 두 눈을 멀쩡히 뜬 채 자신을 직시함을 본 진무영은 적잖이 놀란 표정이 되었다.

"호오! 광파를 견디다니, 그것이 수령문과 지령문의 술법을 상대했다던 바로 그 실력이로군."

새삼스런 눈길로 관우를 바라보는 진무영.

하지만 곧 그의 얼굴엔 조소가 떠올랐다.

"한낱 무공으로 이만큼이나 술법에 대항할 수 있다는 건 정말 놀라운 일이지. 네가 가진 무공의 근원이 천문이든, 건곤문이든, 아니면 다른 곳이든, 그곳이 움직이면 꽤나 신경이 쓰이긴 하겠어. 하지만 거기까지야. 설혹 네가 우리가 생각한 무공의 한계를 뛰어넘은 천고의 기재라 해도 변하는 건 없지."

"그럴지도 모르지요. 하나……."

스릉!

관우는 돌연 허리에 꽂혀 있던 검을 빼 들었다.

그리고는 천천히 앞으로 걸음을 옮기기 시작했다.

"…뭐 하는 짓이지?"

진무영이 관우의 갑작스런 행동에 눈살을 찌푸렸다. 그가 쏘아내던 광파는 더욱 강렬해지고 있었다.

이에 관우는 섭풍술의 강도를 더하며 광파에 대항했다.

한 발, 한 발.

관우와 진무영의 거리가 점점 가까워지고 있었다.

그렇게 관우가 자신에게 다가올수록 진무영의 놀라움은 커졌다.

자그마치 사 할의 광기다.

관우는 지금 그것을 이겨내고 자신에게로 걸어오고 있는 것이었다.

그는 일 할을 더 올릴까 하다가 그만두었다. 지금 상태에서 일 할만 더 올려도 관우는 한 줌의 재로 화할 것이다. 관우가 그렇게 되는 것은 원치 않았다.

그사이 관우는 어느덧 그의 지척으로 다가와 있었다.

그와의 거리가 반 장쯤 되었을 때, 관우는 걸음을 멈추었다.

그리곤 그대로 검을 들어 진무영의 목을 내려쳤다.

쉥!

"……."

진무영은 그것을 보면서도 미동조차 없었다. 그의 두 눈은 시종 관우의 눈을 향하고 있을 뿐이었다.

그것은 관우 또한 마찬가지였다.

관우의 검은 진무영의 목에서 한 치를 남겨둔 채 멈췄다.

묵묵히 서로를 응시하던 끝에 드디어 관우의 입이 열렸다.

"적어도 이 순간만큼은 내가 소문주님을 죽일 수도 있었을 겁니다."

"……!"

진무영의 눈이 이채를 발했다.

관우의 한마디는 적잖은 의미를 담고 있었다.

죽일 수 있었다는 말은 죽일 수 있었음에도 죽이지 않았다는 뜻이다.

또한 '이 순간만큼은' 이라고 말한 것을 볼 때, 검을 빼 드는 순간부터 지금까지 관우는 진무영이 자신을 죽이지 않을 거라 확신하고 있었다는 말로도 해석할 수 있는 것이다.

'감히 나를 시험해?'

그런 생각이 들었지만 이상하게 기분은 나쁘지가 않다.

딱히 관우의 말을 반박하고 싶지도 않았다. 사실이 그러하니까.

관우의 말대로 정말 관우가 자신을 죽이고자 했다면 죽었을지도 모르는 일이다. 아직도 자신의 목을 겨누고 있는 검날이 그 증거였다.

잠시간의 망설임이 관우를 살리고, 또 자신도 살렸다.

관우가 만든 급박한 상황은 관우를 향한 그의 마음을 스스로 확인케 하는 계기가 되었다.

진무영은 곧 광파를 거두고 얼굴에 미소를 회복했다.

"후후, 좋아. 네가 무엇을 말하려 했⋯⋯?"

그는 말을 하다 말고 멈칫했다.

역시 검을 거둔 관우가 돌연 두 눈을 감은 것이다.

그리고는 곧,

스륵.

관우의 신형이 그대로 무너져 내렸다.

"⋯⋯!"

자신도 모르게 황급히 손을 뻗어 관우를 부축하는 진무영.

하지만 그의 품에 안긴 관우는 이미 정신을 잃은 뒤였다.

관우는 매우 고요한 가운데 눈을 떴다.

자신의 방이 아닌, 낯선 방의 모습이 눈에 들어왔다.

누워 있는 침상도 낯선 것이었으며, 방에서 나는 특유의 내음도 다른 이의 것이었다.

고개를 한쪽으로 돌리자 어두움을 밝히는 불빛 하나가 탁자 위에 놓여 있는 것이 보였다.

그리고 그 불빛 사이로 앉아 있는 한 사람.

"일어났군?"

진무영이었다. 그는 들고 있던 찻잔을 내려놓으며 말했다.

"쓰러졌을 때는 다신 안 깨어날 것처럼 보이더니. 후후……."

그의 미소를 보며 관우는 지난 일을 떠올렸다.

무리를 무릅쓰고 진무영의 광파에 대항했던 것이 생각난다.

진무영에게 나아가기 위해 처음으로 칠 할에 가까운 풍기를 사용하여 섭풍술을 펼쳤다. 그리고 진무영이 광파를 거둠과 동시에 정신을 잃었다.

검을 뽑는 순간부터 모든 것은 목숨을 건 도박과 다름없었다.

물론 진무영의 비밀과 자신을 향한 마음이 어떠한 것을 알고 있는 상황에서 그것을 고려한 행동이었긴 했지만, 진무영이 마음먹기에 따라서 당장 죽을 수도 있는 상황이었던 것이다.

하지만 관우로선 선택의 여지가 없었다. 앞으로의 일을 위해서는 반드시 한 번은 거쳐야 할 일이었기 때문이다.

만일 진무영이 자신을 정말로 죽이러 들 땐, 자신도 전력을 다해 대항하려는 마음 또한 품고 있었다.

그러나 다행히도 진무영은 그러지 않았다. 그는 더욱 강하게 자신을 몰아칠 수 있었음에도 일부러 멈추었다.

이로써 관우는 자신을 향한 진무영의 마음이 어떠하다는 것을 더욱 확신할 수 있게 되었을 뿐만 아니라, 어느 정도는 자신의 의지를 진무영에게 내보이는 데 성공하게 된 것이다.

"무례를 저질렀습니다. 죄송합니다."

관우는 즉각 몸을 일으키며 침상에서 벗어났다.

"일어났으면 이리 와서 앉지. 아직 해야 할 이야기가 남지 않았나?"

"오늘은 늦었으니, 내일 다시 찾아뵙겠습니다."

관우의 말에 진무영을 가볍게 손을 저었다.

"아니, 지금 말하는 게 좋겠어. 사실, 시간이 그리 많지 않거든."

"……?"

관우가 의문스런 시선으로 자신을 바라보자 진무영이 짙은 미소를 머금었다.

"아, 내가 아니고, 군무단주에게 주어진 시간을 말하는 거야. 당장 내 손에서 죽는 것은 면했지만, 군무단주를 죽이려 드는 자가 아직 있어서 말이야. 내일이면 늦을지도 모르지."

관우는 진무영의 말이 단순한 협박이 아님을 알고는 한차례 고개를 끄덕인 후 탁자로 걸어갔다.

"그럼."

관우가 자신과 마주 앉자 진무영은 곧장 궁금한 것부터 물어왔다.

"한데 아간 왜 그렇게 갑자기 정신을 잃은 것이지?"

"무리를 한 탓입니다."

솔직하게 대답하는 관우.

"무리하면 정신을 잃는다? 군무단주의 무공은 확실히 특이하군?"

"완전치 않은 탓에 생기는 일입니다."

"흐음, 그렇다면 정신을 잃게 될 줄을 알면서도 내게 달려들었다는 말인데… 그렇게까지 할 필요가 있었나?"

관우는 슬쩍 고개를 들어 진무영과 시선을 마주쳤다. 그는 웃고 있었다. 또한 무언가를 자신에게 요구하는 듯한 눈빛이었다.

하지만 관우는 그가 원하는 것을 모두 대답해 주지 않았다.

"소문주님의 의심을 해소시켜 드리기 위한 선택이었습니다."

이에 진무영은 미간을 살짝 접었다.

"대답이 마음에 들지 않는군. 뭐, 어쨌든 그 이야긴 일단 그 정도로 해두지. 어차피 나 역시 너에 대한 의심을 완전히 털어낸 것은 아니니까 말이야."

"……."

그는 대꾸없는 관우를 향해 다시 입을 열었다.

"아까 내게 하던 이야기나 계속해 보지. 강호 전체를 우리에게 끌어들이자고 했던가?"

"그렇습니다."

"방법은?"

"사면초가(四面楚歌)."

"사면초가? 궁지에 몰아넣자는 뜻인가?"

"이미 강호는 궁지에 몰린 상태입니다. 그들에겐 물러설 곳이 없지요. 바라볼 곳은 오직 한 곳, 앞밖에는 없습니다. 하여 저들의 앞마저 막아버릴 생각입니다."

"앞을 막는다?"

"강호방파들이 서로에게 칼을 들이대고 있는 것은 그것이 그들이 선택할 수 있는 마지막 수이기 때문입니다. 서로를 치지 않으면 뒤에 있는 더욱 무서운 존재에 의해 멸문을 맞이할 수밖에 없으니, 결국 공멸의 길이라는 것을 알면서도 싸움을 벌이는 것이지요. 그렇다고 뒤에 있는 존재들에게 칼을 빼 들수는 없으니까요. 그럴 엄두조차 나지 않는 존재들이기 때문이지요. 하지만 이런 상황에서 또 다른 존재가 나타나 저들을 철저히 무너뜨리게 된다면 저들은 마지막으로 붙들고 있던 것마저 잃어버리게 될 겁니다."

진무영은 알겠다는 듯 고개를 끄덕였다.

"맥이 빠져 주저앉은 자를 향해 손을 내밀겠다는 말이로군.

이래도 죽고, 저래도 죽을 수밖에 없게 된 그들을 회유하겠다? 물론 방금 말한 또 다른 존재는 당연히 군무단주겠지?"

"그렇습니다."

"하지만 그게 과연 가능할까? 우선 네게 그럴 만한 힘이 있는지 의문이군. 또한 설혹 있다손 치더라도 수문과 지문이 그렇게 되는 것을 가만히 두고 볼 리가 없지."

"분명 가만히 있진 않겠지요. 하나 쉽게 움직이지도 못할 겁니다. 움직이는 순간 세 문파의 전면전이 된다는 것을 잘 알고 있을 테니까요. 결국 그들이 움직이는 때는 마지막 순간이 될 것입니다. 하지만 그때 나서는 것은 의미가 없습니다. 어차피 강호방파들이 정리되는 시점에서의 전면전은 예정되어 있던 것이니까요. 정리되는 방법이 달라질 뿐."

진무영은 관우를 가만히 응시했다.

"마치 자신의 일처럼 강호를 생각하고 있군."

관우는 부인하지 않았다.

"내가 일부러 전면전을 피하고 있다는 것을 이미 보고를 통해 들어 알고 계실 겁니다. 나는 지금의 강호가 사라지는 것을 원치 않습니다. 때문에 소문주께 이득이 되면서도 강호가 무사할 수 있는 방법을 찾을 수밖에 없었습니다."

"내게 이득이 된다… 네게 이득이 되는 것이 아니고?"

"물론 내게도 손해 될 것은 없지요."

"……"

진무영은 관우의 눈빛을 읽었다. 하지만 그것이 무엇을 드러내는지 알 수는 없었다.

관우는 자신의 노골적인 경계심이 담긴 한마디에도 여전히 태연했다. 아니, 오히려 조금의 여과도 없이 자신의 속을 드러내 보였다. 진심으로 자신은 손해 보는 것이 없음을.

때때로 보이는 그러한 관우의 태도는 진무영으로 하여금 많은 생각을 품게 만들었다.

그것이 그가 관우와의 대화를 즐기는 이유 중 하나였다.

"훗, 좋아. 그 제안을 하려고 먼 길을 달려왔으니, 받아들이도록 하지. 하지만 실수는 절대 용납되지 않아. 그땐 나라도 자넬 죽이려는 자들을 막진 못할 테니까 말이야."

관우는 가볍게 고개를 숙였다.

"고맙습니다. 다만 일의 성사를 위해서 먼저 다녀올 곳이 있습니다."

"어디지?"

"천축입니다."

"천축?"

진무영은 호기심 어린 시선으로 관우를 쳐다봤다.

"그 먼 천축까지 무슨 까닭으로 가려하지?"

"천축 뇌음사의 무공이 필요합니다."

"흐음, 뇌음사의 무공이라면 여느 무공과는 확실히 다른 것이겠군. 용도는?"

"제 무공을 완전케 하기 위함입니다."

"무공을 완전케 하다니? 건곤문의 무공은 본래 불완전한 것이었나?"

"천문에서 갈라져 나오면서 심혈을 기울여 창안한 무공입니다. 그것을 익혔지만, 미비한 점이 있습니다. 본 문에서는 그것을 보완할 만한 방도를 여러 방면으로 찾아왔고, 최근 뇌음사의 만유반야대선공이 그 방도가 될 수 있음을 알아냈습니다."

"만유반야대선공이라……."

진무영은 관우를 은근한 시선으로 바라봤다.

"지금도 놀라울 지경인데 완전한 무공을 손에 넣으면 과연 얼마나 강해질지 궁금하군. 진정 술법을 뛰어넘는 무공이 탄생하게 될까? 후후……."

"……."

"내가 허락하지 않는다면?"

"지금까지 말씀드린 계획은 실행되기 어려울 겁니다."

"지금의 실력으론 역부족이라서?"

"강호에 속한 무인 어느 누구에게도 지지 않을 자신은 있습니다. 하나 저들을 모두 회유할 만한 압도적인 힘은 아직 없습니다."

"후후… 그런 힘이라면 내게도 대항할 수 있을 만한 힘이 아닌가? 한데 나더러 지금 그것을 도우라는 거군?"

짧은 순간,

관우는 진무영의 두 눈을 가만히 응시하곤 곧 입을 열었다.

"두려우십니까?"

진무영은 웃었다.

"훗, 역시 대단한 배짱이야. 건방질 만큼."

"이미 소문주님을 죽일 수 있었음에도 죽이지 않았습니다."

"그따위 행동쯤으로는 내가 너를 신뢰하지 않으리란 건 잘 알 텐데? 보다 멋진 말 없나? 내가 허락하지 않을 수 없을 만한……."

"다시 말씀드리지요."

진무영은 기대에 찬 눈빛으로 관우의 다음 말을 기다렸다.

"내 무공이 완성되면 소문주님 아닌 그 누구라도 내 상대가 될 순 없을 겁니다. 그리고 바로 그때가 소문주님으로부터 벗어나는 때가 되겠지요."

"멋지군! 너처럼 나를 자극하는 자가 과연 또 있을까? 하하하……."

진무영은 소리 내어 한참을 웃었다.

관우는 그의 낭랑한 웃음소리가 그칠 때까지 잠자코 기다렸다.

이윽고 진무영의 웃음이 그쳤고, 드디어 그의 입이 다시 열렸다.

"천축에 다녀오는 것을 허락하지. 단……."

"……?"

"나와 함께 다녀와야 해."

"……!"

       *   *   *

보름에 걸친 이동 끝에 당하연은 당가에 도착했다.

당가는 여느 때와 크게 다름이 없어 보였다.

의원을 찾기 위해, 또 거래를 하기 위해 많은 사람들이 당가의 문턱을 드나들고 있었다.

다만 경계가 삼엄해지고, 아침저녁으로 들려오는 무인들의 기합 소리가 전에 비해 더욱 커진 것이 달라진 것이랄까.

여장을 푼 당하연은 곧바로 다음날 아침 당인효를 만나기 위해 가주의 집무실로 향했다.

그녀가 당도했음을 이미 알고 있었던 당인효는 그녀를 반갑게 맞았다.

"어서 오너라. 생각보다 빨리 와주었구나."

"전갈을 받고 지체할 수가 없었어요."

오랜만에 보는 것임에도 그녀의 음성엔 반가움이 담겨 있지 않았다.

그것을 알면서도 당인효는 애써 미소를 보였다.

"그랬겠지. 본 가의 운명이 달린 일인데… 게다가 네 부친이신 형님의 일이 아니냐."

"그런 뜻이 아니란 걸 잘 아시잖아요?"

그녀가 자신을 향한 감정을 그대로 드러내자 결국 당인효도 심각한 얼굴이 되었다.

"아직도 마음을 정리하지 못한 것이냐?"

"무엇을 정리해야 하죠? 아버지를 그런 말도 안 되는 실험으로 내몬 숙부를 향한 원망을 정리해야 하나요? 아니면 오라버니 앞에서 제대로 말도 꺼내지 못하는 착잡함을 정리해야 하나요?"

"그자와는 분명 연을 끊으라 하였다."

냉정한 당인효의 한마디.

"그럴 수 없어요."

당하연 또한 지지 않고 대꾸했다.

그러자 당인효는 미간을 잔뜩 접으며 말했다.

"그자는 이미 광령문에 속한 자다. 본 가가 저들과 싸움을 준비하는 이때에 그자와 계속해서 연을 맺겠다는 것이냐?"

"저 역시 분명 말씀드렸어요. 우린 절대로 저들을 이길 수 없다고. 지금 아버지와 숙부가 꾸미는 일은 그야말로 무모한 일이라고요. 저들의 힘은 숙부가 상상하는 이상이에요. 그러니 지금이라도 당장 그만두세요. 저들을 제압할 자는 따로 있다고요."

그녀의 마지막 말에 당인효의 두 눈이 가늘어졌다.

"너는 전부터 그런 말을 하는구나. 저들을 제압할 자가 따로 있다니, 도대체 무슨 말이냐? 무슨 근거로 그런 말을 하는 것이냐?"

"그건……."

"설마 너는 지금 관우 그자가 저들을 제압할 자라고 말하는 것이냐?"

"······."

그녀가 잠자코 있자 당인효는 한차례 혀를 찼다.

"네가 정녕 그자에게 완전히 빠진 것이로구나. 그자가 지금 광령문의 지시를 받고 무슨 짓을 하고 있는지 곁에서 보고도 그런 말이 나오느냐? 강호인들을 이끌고 나와 같은 강호인들을 제 손으로 죽이고 있질 않느냐? 그런 자가 저들을 제압할 거란 말을 내가 믿을 거라 보느냐? 또한 그가 제아무리 강하다 한들, 그가 가진 무공으론 저들을 상대조차 할 수 없을 것이다. 그러니 너는 하루 빨리 정신을 차리고 그자와 인연을 끊도록 해라."

당인효는 힘주어 말하며 당하연을 압박했다.

더 이상은 그녀의 반항적인 태도를 받아주지 않겠다는 뜻이었다.

하지만 당하연은 당가로 돌아오기를 결정한 때부터 뜻을 굽힐 생각이 전혀 없었다.

관우의 정체에 관하여 당인효에게 말을 할 수는 없을지언정, 당가의 무모한 계획은 반드시 막아야만 했다.

당가가 무너지는 일, 나아가 당가가 관우와 척을 지는 일은 결코 일어나선 안 되기 때문이다.

"숙부님이 직접 제가 하고 싶은 말을 하셨네요. 숙부님이 말씀하신 대로예요. 설혹 시술이 성공하고, 그 결과 독인이 된 아버지가 고금을 통틀어 가장 강한 힘을 가진 존재가 되신다 해도 그것으론 저들을 상대할 수 없어요."

"괜한 억지 부리지 말거라. 형님과 내가 단순히 독인의 강함만을 보고 구극독령술을 실행에 옮겼다고 생각하느냐? 독인이 가진 진정한 힘은 바로 독, 그 자체다. 구극독령술에 의해 탄생된 독인이 가질 독기는 만독불침의 경지를 무색케 할 절대지독(絶代之毒)이다. 저들이 독을 견딜 수는 있을지언정 결코 독에 무사할 수는 없을 것이다."

확신에 찬 당인효의 말에 당하연은 가슴이 답답했다.

이미 당인효는 구극독령술의 성공과 그것이 당가에 가져다줄 힘을 절대적으로 확신하고 있는 듯했다.

이젠 자신이 아무리 이야기를 하고 반대를 한들 소용이 없는 지경에 이른 것이다.

그녀는 내심 마음을 굳게 한 채 당인효를 직시했다.

"숙부님이 그만두시지 않는다면 저도 방법을 달리하겠어요. 저는 이 일을 절대 받아들일 수 없어요."

탕!

당인효가 더 이상 참지 못하고 탁자를 크게 내려쳤다.

"네가 끝내 논의를 거쳐 결정된 가주의 뜻을 거스르겠다는 말이냐! 내 형님을 향한 네 마음을 생각하여 최대한 너그러이 받아주었건만, 이젠 감히 가주인 나를 겁박하려 들고 있구나! 그래, 어찌하겠다는 것이냐? 관우 그자에게 본 가의 계획을 모두 털어놓기라도 하겠다는 말이냐?"

"그래야 막을 수 있다면 그렇게 하겠어요."

"연아, 네 이놈!"

벌떡 일어선 당인효는 두 눈을 부릅뜨며 노기를 발했다.

"그냥 두어서는 안 될 녀석이구나! 이 시각 이후로 너는 네 처소에서 벗어날 생각을 말거라! 한 발작이라도 움직인다면 가율(家律)에 의해 엄히 다스릴 것이다!"

"……."

당하연은 굳게 입을 다물었다. 더 이상 당인효를 향해 입을 여는 것은 아무런 의미가 없었다.

'이젠 어쩔 수가 없어. 마지막 방법밖에는……'

그녀는 아프도록 입술을 깨물었다.

자신의 처소로 돌아온 그녀는 그 후 사흘 간 방 안에만 갇혀 있었다.

"나비가 앉은 꽃이 전처럼 아름답지 못하더군. 향이 옅어지고, 왠지 모르게 시들해 보였소."

여산에서 당가를 향해 떠나기 직전 자신을 찾아온 위탕복이 내뱉은 말이었다.

그는 그녀가 당가로 떠난다는 말을 듣고 전날 밤에 꾼 꿈이 생각나 황급히 그녀에게 달려왔다고 했다.

위탕복은 그녀에게 일의 자초지종을 물었지만, 그녀는 사실대로 대답해 줄 수 없었다. 관우에게도 하지 않은 가문의 비밀 이야기를 그에게 할 순 없었기 때문이다.

위탕복 또한 그녀가 숨기는 것을 굳이 알려고 하지 않았다. 다만 그는 그녀에게 당부하듯 말했다.

"소저는 뚱뚱하고 못생긴 나를 싫어하지만, 나는 단주님의 연인인 소저를 싫어할 수 없소. 믿지 않겠지만, 예감이 좋질 않소. 지금 그곳에 가는 것은 위험하오. 물론 내가 이렇게 이야기를 해도 소저는 기어이 가겠지만. 해서 나로선 소저를 위해 조치를 취할 수밖에 없소. 패마를 데려가시오."

그의 말을 듣고 처음엔 거부했지만, 여느 때와 다른 그의 진지함에 어쩔 수 없이 그녀는 소광륵과 동행을 할 수밖에 없었다.

물론 소광륵이 그녀를 뒤따르고 있는 사실은 그녀 외엔 아무도 몰랐다.

떠나기 전에는 몰랐는데, 지금 생각해 보니 위탕복이 자신에게 소광륵을 딸려 보낼 것이란 사실을 알려준 이유가 무엇인지 알 수 있을 듯했다.

그녀의 안위를 위해서라면 그녀에게 알리지 않고 소광륵에게만 은밀히 지시를 내렸어도 될 일이었다.

그럼에도 굳이 그녀에게 알린 까닭은 그녀가 소광륵의 힘을 빌려야 할 때가 있을 것을 예상했기 때문이리라.

그리고 실제로 그녀는 소광륵의 힘이 필요하게 되었다.

그녀는 당인효의 지시대로 방에서 꼼짝도 할 수 없었다. 처소 주변에 감시하는 자들이 수두룩했다.

하지만 이대로 계속 손놓고 가만히 있을 수는 없었다. 아버지가 있는 곳을 찾아야 한다.

당인효에게 이미 몇 차례나 아버지를 볼 수 있게 해달라고 요구했지만, 당인효는 허락지 않았다.

시술이 어디서 진행되고 있는지 확실히 알 순 없지만 짐작 가는 곳이 몇 군데 있었다.

수년 전 환무길이 은둔한 초당 뒤편을 조사하기 위해 기관 진식에 관하여는 거의 모르는 것이 없을 정도로 지식을 쌓았던 그녀다.

그 덕분에 당가 내에서 그전까지 몰랐던 장소들을 몇 곳 발견할 수 있었는데, 그녀는 아버지가 그중 한 곳에 있을 거라고 짐작했다.

하지만 이 상황에서 혼자 이곳을 빠져나가는 건 무리였다.

밖에 서 있는 무인들을 다 상대할 수도 없을뿐더러, 한 발작이라도 나섰다간 더한 징계를 받을 수도 있었다.

때문에 누군가 도와주어야만 한다.

그리고 그자가 바로 소광륵이었다.

당하연은 즉각 붓을 들어 글자를 써 내려갔다.

다 쓴 서신을 작게 접은 그녀는 품에서 손가락만 한 원뿔 모양의 암기를 꺼내 들었다.

보기에도 날렵하게 생긴 그것은 공허시(空虛矢)라는 것으로, 소음이 없고 비거리가 길어 멀리 있는 상대를 쓰러뜨릴 때

적합한 암기였다.

공허시 끝에 접은 서신을 매단 그녀는 창가로 걸어가 창문을 열었다.

달도 보이지 않을 정도로 하늘은 짙은 먹구름으로 뒤덮여 있었다.

당하연은 감시하는 자들이 이쪽을 보지 않는 틈을 타 미리 소광특과 약속한 대로 재빨리 서쪽을 향해 암기를 날렸다.

그녀의 손을 떠난 공허시는 쾌속하게 날아 순식간에 당가의 담장을 넘어 시야에서 사라져 버렸다.

그리고 그로부터 일각 후.

쾅!

커다란 폭음이 밤의 정적에 묻혀 있던 당가를 깨웠다.

이어서 들려온 고성과 여기저기서 뛰쳐나가는 무인들의 기척 소리로 당가 전체는 순식간에 아수라장으로 변했다.

"군무단에서 무단으로 이탈한 당가의 계집은 어디에 있느냐! 당장 내 앞으로 나오지 못할까!"

"웬 놈이냐!"

"거, 거력패마! 거력패마 소광특이다!"

소리가 들려오는 곳은 정문 쪽이었다. 소리를 듣자마자 당하연의 처소를 감시하고 있던 자들도 지체없이 그쪽으로 신형을 날렸다.

소광특의 도움으로 감시에서 벗어난 당하연은 즉각 방을 빠져나와 내원 깊숙한 곳으로 향했다.

갑작스런 소란으로 인해 중간 중간 마주치는 식솔들도 그녀를 신경 쓰지 않고 있었다.

당인효가 거하는 가주의 처소를 지나 더욱 깊이 들어가던 그녀는 어느 순간 발걸음을 멈췄다.

좌측에 두 전각 사이로 난 좁은 길이 보였다.

그녀는 그곳으로 조심스럽게 걸어 들어갔다.

얼마쯤 들어가자 길이 사라졌다. 그리고 잠시 후 미세한 소음과 함께 그녀의 신형 또한 사라져 버렸다.

『풍신유사』 제4권에 계속…

은하의 계곡

무천향
武天鄉

허담 新무협 판타지 소설

뿌리를 찾아가는 목동 파소의 여행.
그 여정의 끝에서
검 든 자들의 고향 대무천향 (大武天鄉)을 만난다.

검객 단보, 그는 노래했다.

…모든 검 든 자들의 고향 무천향.
한 초식의 검에 잠든 용이 깨어나고, 또 한 초식의 검에 잠든 바다가 일어나네.
검의 흐름을 따라가다 보면 어느새, 세월도 잊어버리고, 사랑도 잊어버리고,
무공도 잊어버려…….
결국에는 자신조차 잊어버리는…….

은하의 가장 밝은 빛이 되어버린다는
그 무성 (武星)들의 대지 (大地).

아, 대무천향 (大武天鄉)이여!

유행이 아닌 자유추구 -
WWW.chungeoram.com
Book Publishing CHUNGEORAM

狼王

별도 新무협 판타지 소설

살내음 나는 이야기에 여러분은 가슴 졸인 적이 있는가?
남들이 볼까 두려워하며 책을 가리면서 읽었던 구절을 몇 번이나 반복하며
읽은 적이 없는가?

구무협의 향수를 그리워하던 별도가 결국은
〈무협의 르네상스〉를 부르짖으며 직접 자판 앞에 앉았다.

"제가 무협을 쓰기 시작한 이유는 더 이상 읽을 책이 없었기 때문입니다."

모든 일은 4년 전부터 시작되었다.
살인사건을 배경으로 펼쳐지는 음모와 배신, 사랑과 역공작,
그리고 정사!

우리 시대의 이야기꾼, 별도의 새로운 글, 〈낭왕狼王〉
〈천하무식 유아독존〉, 〈그림자무사 검은여우〉에 대대를
이은 그의 또 하나의 역작!

화공 畵工
도담 道談

촌부 新무협 판타지 소설

예(禮)와 법(法)을 익힘에 있어
느리디 느린 둔재(鈍才).
법식(法式)에 얽매이기보다 마음을 다하며,
술(術)을 익히는 데는 느리지만
누구보다 빨리 도(道)에 이를 기재(奇才).

큰 지혜는 도리어 어리석게 보이는 법[大智若愚]!

화폭(畵幅)에 천지간(天地間)의 흐름을 담고
일획(一劃)에 그리움을 다하여라!

형식과 필법을 익히는 데는 둔하나
참다운 아름다움을 그릴 수 있게 된
화공(畵工) 진자명(陳自明)의 강호유람기!

유행이 아닌 자유추구 –
WWW.chungeoram.com
Book Publishing CHUNGEORAM

狂龍記

광룡기

장담 **新무협** 장편 소설

미친 바람이 동해에서 불기 시작했다!
둥지를 떠난 광룡(狂龍)이 강호에 나타났다!

내가 가고 싶은 대로 간다.
내가 하고 싶은 대로 한다.
누구도 내 앞을 막지 마라!

한겨울, 마침내 광룡의 전설이 시작되고,
천하가 광룡과 빙심에 뒤집어졌다!

유행이 아닌 자유추구 –
WWW.chungeoram.com

Book Publishing CHUNGEORAM